재능 넘치는 게이머

재능 넘치는 게이머 2

덕우 장편소설

초판 1쇄 찍은 날 § 2018년 9월 18일
초판 1쇄 펴낸 날 § 2018년 9월 25일

지은이 § 덕우
펴낸이 § 서경석

총괄팀장 § 최하나
편집책임 § 김슬기
편집 § 김대용

펴낸곳 § 도서출판 청어람
등록번호 § 제387-1999-000006호
등록일자 § 1999. 5. 31
어람번호 § 제1-2956호

주소 § 경기도 부천시 부일로 483번길 40 서경B/D 3F (우) 14640
전화 § 032-656-4452 팩스 § 032-656-4453
http://www.chungeoram.com
E-mail § chungeorambook@daum.net

ISBN 979-11-04-91830-8 04810
ISBN 979-11-04-91828-5 (세트)

Contents

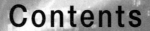

제7장
승부와 예능 사이

이화영의 상큼한 방송 시작 멘트와 함께 막을 열게 된 리오 초보 성장기.

　이래 봬도 100회 이상 넘은 나름 장수 프로그램이었다.

　"오늘도 특별한 게스트를 모셔봤는데요. A 리그에서 두각을 나타내고 있는 초특급 혜성! 강민허 선수를 모셨어요!"

　민허를 찍고 있는 카메라에 빨간불이 들어왔다.

　강민허에게 집중되어 앵글이 잡혔음을 뜻하는 신호였다.

　"안녕하세요. ESA의 강민허입니다."

　"바쁜 와중에 출연에 응해주셔서 정말 고마워요."

　"하하, 아닙니다. 사실 그렇게까지 바쁜 건 아니라서요. 제가 이래 봬도 생각보다 쉬운 남자입니다."

"어머, 정말요?"

"그러니 언제든지 불러주세요. 물론 다른 프로그램 섭외도 대환영입니다."

위트 있는 말로 화영의 멘트를 받기까지 했다.

이 방송은 딱히 대본이 있는 것도 아니었기에 그냥 머릿속에 드는 생각을 자유롭게 말하면 된다.

물론 위험한 발언 같은 건 자제해야 했지만 말이다.

"게스트를 모시면 저희가 항상 하는 게 있거든요. 혹시 강민허 선수도 아시나요?"

"예. 제가 또 이 프로그램 애청자라서 아주 잘 압니다. 인터뷰 코너죠?"

"잘 아시네요."

게스트가 없는 경우에는 로인 이스 온라인에 관련된 소식을 정리해 전한 후에 바로 시청자 참여 게임에 들어간다.

그러나 오늘처럼 게스트가 올 때에는 인터뷰 이후 게임 소식, 그리고 시청자 참여 코너로 식순이 짜이게 된다.

이건 대본에 적혀 있는 그대로였다.

"언제든지 물어봐 주세요."

다 받아줄 자신이 있다는 의견을 표명하는 강민허. 가벼운 질문으로 인터뷰가 시작되었다.

"본래는 트라이얼 파이트 7에서 프로게이머 생활을 하다가 오셨다고 들었어요. 세계 대회까지 우승하셨다고 하던데."

"예. 아직 반년도 안 된 일이네요."

"왜 리오로 전향한 건가요?"

"돈이 되니까요."

순간 무대 밖에서 스튜디오 상황을 응시하던 나선형 코치가 피식 웃음을 토해냈다.

너무나도 솔직한 답변이었다. 동시에 '강민허답다'라고 느껴지는 답변이었다.

그러나 김 PD는 딱히 이런 답변을 싫어하지 않았다.

아니, 오히려 좋아하는 편이었다.

가식적인 답변보다 솔직 담백 하고 직설적인 대답이 더 좋을 때가 있었다.

게다가 강민허라는 캐릭터의 특성상, 방금 같은 답변이 그에게 더 어울렸다.

"돈이 목적이신가요?"

"뭐, 엄밀히 말하자면 돈과 명예죠."

"본능에 충실하신 분이네요."

"탐욕으로 가득한 인간이거든요. 화영 씨는 혹시 이런 남자 싫어하시나요?"

"호호, 싫진 않아요. 오히려 솔직해서 더 좋은걸요."

"다행이군요. 화영 씨한테 미움받았더라면 많이 괴로울 뻔했어요."

두 사람의 대화를 경청하던 김 PD가 목소리를 낮췄다.

"강 선수, 말 잘하네요. 신인이라고 보기 힘들 정도입니다."

"저 녀석이 실력도 실력이지만, 말발도 제법이더라고요."

선형도 그 점은 인정할 수밖에 없었다.

실력으로 따지면 이미 ESA 2군 라인 중에선 톱 자리를 차지한지 오래였다. 아직 R 리그 선수들과 붙어본 적은 없었지만, 선형의 예상으론 그들과 견주어도 상위권을 차지할 만한 실력이라 보고 있었다.

다만 R 선수들이 민허와의 대결을 은근슬쩍 피하고 있었다.

민허는 실력은 물론이고 방송 무대에서도 전혀 긴장하지 않는다. 거기에 더해 스타성까지 겸했다. 그래서 자신들의 위치가 위태로워질 것이 두려워 피하는 게 아닐까 싶었다.

리오 초보 성장기에는 그간 많은 게스트들이 다녀갔다. 김 PD가 보기에 그중에서도 민허의 말솜씨는 상위권에 속할 만큼 우수했다.

"그럼 다음 질문으로 넘어갈게요. 강 선수의 인지도를 확! 끌어 올려준 사건. 뭔지 아시나요?"

"도백필 선수한테 도발한 거 때문이겠죠."

"잘 아시네요. 이 질문은 많이 들어보셨을 텐데 여기서 확실히 육성으로 들려주세요. 도백필 선수와는 정말 아무런 관계도 아닌가요?"

"네. 개인적으로 좋은 선수라고 생각할 뿐, 실제로 그 전에는 단 한 번도 만난 적 없었습니다."

"그런데도 면전에서 도발을 하다니… 대단하네요."

"그것 때문에 도백필 선수 팬들한테 욕 많이 먹었지요."

그러나 민허의 퍼포먼스가 이끌어낸 것은 욕보다 팬들의 열광이 더 많았다.

도백필과 이레이저 나인, 그들이 원탑 체제로 군림되고 있는 로인 이스 온라인 업계에 호기롭게 등장한 도전자!

게임 팬들 중 적지 않은 숫자가 강민허를 응원하고 있었다.

게다가 그는 이미 세계를 한번 제패했던 남자다. 덧붙여 최근에는 그가 말뿐만이 아닌 실력까지 갖추고 있다는 사실을 증명했다.

그것도 쪼렙 캐릭터로!

그러니 사람들이 어찌 열광하지 않을 수 있겠는가.

민허의 인기는 결코 거품이 아니었다. 실제로 그를 증명하듯 A 리그 선수임에도 불구하고 TGP의 간판 프로그램에 출연 제의를 받았으니까.

"마지막 질문이에요. 앞으로의 포부, 그리고 목표는 뭐가 있을까요?"

"쪼렙으로 세계 최강. 그게 제 목표입니다."

"앞으로도 계속 5레벨로 가시겠다는 말씀이신가요?"

"필요에 따라 달라질 거 같지만, 당분간은 그럴 생각입니다."

인터뷰 내내 강한 자신감을 보이는 강민허였다.

막힘없는 그의 발언에 화영 역시 만족스러운 미소를 지었다.

*　　　　　*　　　　　*

인터뷰 코너 이후 로인 이스 온라인에 관련된 게임 소식이 전달되기 시작했다.

그러는 동안 민허는 자신이 가져온 키보드와 마우스를 다시금 매만지며 세팅에 돌입했다.

게임 소식 전달 코너에 민허의 차례는 없었다. 그렇기에 그 다음 차례인 시청자 참여 코너를 준비하는 게 옳았다.

"강 선수, 준비 끝났어요?"

스태프가 조용히 다가와 묻자 민허가 엄지손가락을 추켜올렸다.

"예."

민허의 대답을 들음과 동시에 스태프가 화영에게 따로 메시지를 보냈다.

신호를 보고 고개를 끄덕인 화영이 가볍게 목소리를 가다듬으며 세 번째 코너의 시작을 알렸다.

"프로게이머와 함께 리오를 배워보는 시간! 재미있는 인터뷰를 들려주셨던 강민허 선수와 계속 진행해 보려고 해요. 우선은 PvP부터 먼저 해볼까요?"

"그러죠."

시청자 참여 코너는 PvP와 던전 공략으로 나뉜다.

물론 모든 프로게이머가 던전 공략에 특화되어 있는 건 아니었다. 대회 종목은 어디까지나 PvP이기 때문이다.

그래서 게스트로 출연하는 프로게이머에겐 사전 조사가 실시된다. 자신만의 던전 공략이 있냐, 없냐. 만약 있다고 대답한다면, 그리고 공략을 공개할 수 있다면 시청자 참여 코너가 PvP와 던전 공략, 두 파트로 꾸려지게 된다.

민허의 경우에는 공개 가능 쪽으로 답변을 줬다. 이러한 이유 때문에 시청자 참여 코너에 던전 공략이 추가되었다.

첫 번째로 시작된 PvP 코너의 지원자를 받는 시간. TGP 공식 홈페이지, 혹은 송출되고 있는 인터넷 방송 플랫폼의 댓글 창을 통해 지원자를 선출한다.

시청자 수도 시청자 수였지만, 댓글이 올라오는 속도 역시 가관이었다.

―나!! 나 좀 뽑아줘요!!

―나 고르면 무조건 이길 수 있음!!

―PvP 랭킹 100위 안에 드는 유저입니다. 강민허 선수랑 꼭 붙고 싶습니다.

―쪼렙 게이머 얼마나 강한지 내가 판단해 드림.

모두가 다 한마음 한뜻으로 민허와 대전할 수 있는 기회를 가지고 싶어 했다.

그러나 지금까지 PvP를 신청하던 것과는 의도가 사뭇 달랐다.

5레벨이라면 제아무리 프로게이머라 하더라도 이길 수 있지 않을까.

프로게이머를 이긴 자. 이 타이틀은 일반 유저들에게 꽤나 탐이 날 법했다.

게다가 상대는 쪼렙이다. 이건 어찌 보면 프로게이머를 이길 수 있는 좋은 기회일지도 몰랐다.

선수를 얕잡아 보고 도전을 신청하는 댓글들이 꽤 많았지만, 민허의 표정에는 흐트러짐이 없었다.

한편, 정신없이 쏟아지는 댓글들 덕분에 도리어 화영이 당황하고 말았다.

"자, 잠깐만요. 여러분, 일단 스톱해 주세요. 어차피 딱 두 명밖에 안 되니까요."

화영이 결국 진화에 나섰다.

그만큼 민허에 대한 관심이 폭등한다는 것을 뜻했다.

한숨 돌리기에 성공한 화영이 슬쩍 민허에게 바통을 넘겼다.

"강민허 선수가 두 분 골라보실래요?"

"그래도 될까요?"

"네, 물론이죠."

"알겠습니다. 그럼… EAV112 님하고 짐승프렌즈 님, 이렇게 두 분 고르겠습니다."

"EAV112 님, 짐승프렌즈 님. 이렇게 두 분, 저희에게 게임 닉네임 알려주세요. 옵저버가 방으로 초대해 드릴 거예요. 강민허 선수도 준비해 주시고요."

"예."

데스크톱 앞에 자리를 잡자, 옵저버가 곧장 민허를 방으로 초대했다.

두 명을 골랐으나, PvP는 1 대 1 방식으로 치러진다. 한 명이 먼저 붙고, 그다음 차례에 또 한 명이 붙고. 이런 식으로 진행될 예정이었다.

가장 먼저 민허와 맞붙게 된 유저는 EAV112.

EAV112: 잘 부탁드리겠습니다!
라울: 저야말로요.

서로 채팅을 통해 가벼운 인사를 주고받았다.

상대는 게임 시작과 동시에 매서운 기세를 뿜내며 민허에게 달려들었다.

클래스는 파이터.

주먹을 주 무기로 삼는 캐릭터였기에 민허와 거의 비슷한 스타일이라 할 수 있었다.

'호기롭군.'

민허는 상대방의 움직임을 예의 주시 했다.

파이터의 공격 중 하나인 익스플로전 펀치였다.

맞으면 적에게 폭발 대미지와 함께 강력한 치명타를 입히는 무서운 공격이었다.

'첫 판부터 위협적이네.'

가볍게 공격을 회피하는 데에 성공한 민허가 곧장 허점을 찔렀다.

왼손으로 기본 평타 공격을 2~3차례 빠르게 찔러 넣었다.

System: Counter!

상대방이 공격하는 도중에 같이 공격을 했기에 카운터 판정이 떴다. 그 덕분에 대미지도 1.5배 상승해 꽂혔다.

기본 공격을 몇 번 허용한 것에 지나지 않았음에도 불구하고 EAV122의 HP는 순식간에 쭉쭉 내려갔다.

예상치 못한 일격에 당황해하는 EAV112. 직접 대면한 상태는 아니었지만, 플레이만 봐도 그가 당혹감에 빠졌다는 것을 충분히 느낄 수 있었다.

민허가 그 틈을 놓칠 리 없었다.

제트 킥 스킬이 발동되며 다시금 묵직한 대미지를 선사했다.

결국 상대방의 HP가 바닥을 보이고, 아웃 선언이 내려졌다.

경기 화면을 지켜보던 화영이 놀라움을 드러냈다.

"EAV112 님은 랭킹 98위라던데 5레벨로 단숨에 제압하다니. 역시 프로 선수는 다르네요."

"이 정도야 기본이죠. 바로 다음 분 가시죠."

곧장 두 번째 대전을 가진 강민허였지만, 역시나 마찬가지로 유저는 그의 상대가 되지 못했다.

상대방에게 큰 공격을 유도하고 회피, 그리고 이어진 빈틈 공격. 같은 패턴이었다.

그러나 그 패턴을 알면서도 당할 수밖에 없다는 게 민허의 무서운 점이었다.

그래서 기껏 두 명을 선출했으나, 생각보다 빨리 아웃당한 덕분에 시간이 꽤 많이 남은 상태였다.

"한 분만 더 모셔볼까요?"

화영의 제안을 받아들이듯 민허가 고개를 끄덕였다.

그러던 찰나.

갑자기 올라온 댓글 하나로 채팅창이 크게 술렁이기 시작했다.

—와, 대박!! 댓글 봐봐!
—이거 실화냐?!
—본방 사수 각이다!

이들이 이렇게나 격한 반응을 보이는 데에는 이유가 있었다.

게시판에 남겨진 하나의 댓글.

댓글의 내용도 내용이지만, 문제는 댓글을 단 사람의 정체였다.

오르가: 참가 희망합니다. 꼭 강민허 선수와 한번 붙고 싶네요.

'저 닉네임은 설마.'

민허에게도 낯이 익은 닉네임이었다.

오르가. 본명은 서진창.

그는 R 리그에서 주전 멤버로 뛰고 있는 나이트메어 소속 프로게이머였다.

"서진창 선수가 댓글을 달아주셨네요!"

화영도 그 사실을 재빨리 캐치했다.

그녀를 비롯해 스태프들의 시선이 절로 민허에게 향했다.

민허도 이들이 원하는 게 뭔지 잘 알고 있었다.

'까짓것 시청률 좀 올려줄까.'

선심을 쓰기로 결정한 민허가 싱긋 미소를 지었다.

"다음 상대로 오르가 님을 지목하겠습니다."

리오 초보 성장기에 강민허가 게스트로 출연한다는 소식을 듣고 관심을 표명한 이들은 비단 시청자뿐만이 아니었다.

업계 관계자, 그리고 프로 선수들 역시 강민허의 출연을 학수고대하고 있었다.

물론 그 현상은 나이트메어 숙소에서도 동일하게 벌어졌다.

"우와, 정말로 나왔네."

단발머리의 미녀 프로게이머, 서예나가 TV 앞에서 놀라움을 토로했다.

그리고 그녀뿐만 아니라 다른 프로게이머들의 시선 역시 TV 쪽으로 고정되어 있었다.

"저 사람이 강민허라고?"

"네."

"A 리그에서 가장 핫한 녀석이에요."

"그래? 난 못 봤었는데."

이미 A 리그에서 활동 중인 2군 프로게이머들은 강민허의 존재를 알고 있었다.

그러나 R 리그 선수들 중에선 강민허의 존재를 아직까지 모르는 이들이 심심치 않게 존재했다.

예나는 민허를 아는 쪽에 속했다.

그것도 잘 아는 수준이었다.

하기야. 매번 레이드, 혹은 사냥할 때마다 같이 파티를 맺는 경우가 많아졌으니 민허에 대해 꽤 자세히 알고 있다고 말해도 무리는 아니었다.

그러나 리그 방송 말고 타 프로그램에서 민허의 모습을 보는 건 처음 있는 일이었다.

인터뷰 코너를 시청하는 도중에 때마침 거실을 지나치던 한 남자가 민허에게 관심을 보였다.

"누구야? 저 사람."

나이트메어 팀의 R 리그 주전 멤버 중 한 명인 서진창이었다.

"강민허 선수요."

예나가 그의 질문에 반응을 보였다.

그러자 진창의 시선이 곧장 TV로 고정되었다.

"진짜? 저 사람이?"

"네. 오빠는 모르셨어요?"

"어. 관련된 일화만 들었지, 실제 모습을 보는 건 처음이네."

A 리그는 그다지 큰 관심을 두고 있지 않았기에 강민허의 활약상을 라이브로 보진 못했다.

커뮤니티에 돌아다니는 민허의 플레이 영상을 본 적은 있었다. 그러나 그가 본 강민허의 모습은 편집된 영상이었기에 실제로 그가 어떻게 생긴 사람인지 육안으로 본 적은 없었다.

"꽤나 준수하게 생겼네. 여성 팬도 많겠어."

가던 길을 잠시 선회해 결국 거실에 자리를 잡은 서진창. 이윽고 예나에게 좀 더 많은 질문을 했다.

"실력은 어때? 듣자 하니 너, ESA 쪽이랑 자주 레이드 다니고 그런다며? 거기에 강 선수도 있었지?"

"네. 실력은 괜찮은 거 같아요. 그렇지만 좀 이해가 안 되는 부분이 많긴 해요."

"어떤 면이?"

"만렙 찍어두면 훨씬 더 쉽게 플레이할 수 있을 텐데, 굳이 쪼렙을 고집하는 이유를 모르겠어요."

"하긴, 그렇지."

예나는 아직까지 민허의 비밀을 알아차리지 못했다.

그의 목적은 만렙이 아니었다.

트라이얼 파이트 7에서 세계 최강의 자리에 올라설 때 사용한 격투 게임 캐릭터, 라울을 100% 구현해 내는 것이 민허의 궁극적인 목표였다.

만렙 캐릭터보다 라울에 가까운 캐릭터가 더 그의 손에, 그리고 그의 피지컬과 성향에 어울렸다.

하나 예나는 그것들을 미처 알지 못했다. 그렇기에 이런 의

구심을 가질 수밖에 없었다.

그건 다른 프로게이머들도 마찬가지였다.

"뭐, 나름의 비법이 있겠지."

"같이 파사해 보는데도 쪼렙의 이점이 뭔지 잘 모르겠어요."

"음, 그래?"

순간 진창의 눈빛에 호기심이라는 불꽃이 일렁였다.

"예나야. 아직 시청자 참여 코너, 안 끝났지?"

"네. 인터뷰 단계니까 아직 안 했을 거예요."

"그렇단 말이지……."

그의 말에서 풍겨오는 뉘앙스가 심상치 않은 것임을 캐치한 예나가 설마 하는 심정으로 물었다.

"오빠, 혹시 도전해 보시려고요?"

그녀의 물음에 진창이 천천히 고개를 끄덕였다.

"우리 귀여운 신인, 실력 한번 직접 검증해 보려고."

*   *   *

이렇게 해서 성사된 강민허와 서진창의 정면 대결.

보통 R 리그에서 활동하는 선수와 A 리그에서 활동하는 선수가 맞붙으면 과반수 이상은 R 리그 선수 쪽에 손을 들어주는 게 당연했다.

지금도 마찬가지였다.

—이건 보나마나 오르가의 승리지!

—오늘 강민허, 패배 하나 기록하고 가겠네.

—ESA를 어디 나이트메어에 비교해 ㅋㅋㅋ

—역배당 갑니다! 강민허한테 건다!

채팅창은 압도적으로 서진창의 우세를 점치고 있었다.

민허가 핫한 프로게이머인 것은 사실이지만, 애초에 활동하고 있는 리그 레벨 자체가 달랐다.

메이저와 마이너에서 활동 중인 프로게이머의 격차는 관계자들뿐만 아니라 게임 팬들 역시 잘 알고 있었다.

그러나 민허는 오히려 이것을 기회라 여겼다.

'같은 팀에서도 R 리그 선수들은 나랑 잘 안 붙어주던데.'

뜻밖의 대전 기회가 찾아오자 민허가 속으로 함박웃음을 삼켰다.

혹여나 A 리그 선수한테 질까 봐. 그 두려움 때문에 일부러 민허와의 스크림도 피하는 경향이 심했다. 그래서일까. 서진창 선수의 댓글이 유독 반갑게 느껴졌다.

화영이 다시금 민허의 의사를 물었다.

"정말로 서진창 선수와 붙으실 건가요?"

"물론이죠."

"자신 있으신가요?"

"자신이라… 없어요. 질 자신이 없네요."

한때 유행했던 말을 활용해 보는 강민허의 센스에 화영이 미소를 지었다.

"그럼 바로 준비해 주세요."

"예."

게임에 접속하자, 서진창이 먼저 그에게 인사를 건넸다.

오르가: 안녕하세요. 강민허 선수. 이렇게 만나게 될 줄은 몰랐네요. 재미있는 경기 해봅시다.

라울: 예. 선배님한테 한 수 배워보겠습니다.

지나치게 형식적인 인사말들이었다.

그래도 크게 개의치 않았다. 중요한 건 격식 차리기가 아니었으니까.

'어디 보자. 서진창 선수 클래스가 뭐였더라.'

아직까지는 한창 배워가는 단계였기에 곧장 이 선수에 대한 정보를 떠올릴 수 없었다.

'뭐, 직접 부딪치다 보면 알겠지.'

로딩 화면이 끝나자마자 곧장 카운트다운에 들어갔다.

이윽고 숫자가 0이 되자 대전이 시작되었다.

선수를 치기 위해 먼저 달려드는 서진창. 민허는 캐릭터를 보자마자 대략적으로나마 그의 정보를 유추할 수 있었다.

'랜서인가.'

캐릭터보다도 머리 하나 더 큰 거대한 창. 게다가 접근전을 자처해 오는 것으로 보아선 마법이나 원거리 공격보다는 창을 이용한 근접 스킬을 위주로 찍은 듯했다.

방어구는 가죽류였다.

방어력보다 움직이는 속도에 주로 초점을 맞춘 세팅이란 사실을 한눈에 알 수 있었다.

아이템을 보고 상대방의 플레이와 성향을 유추해 내는 것도 실력이었다.

게임이라는 건 단순히 피지컬만 좋다고 모든 게 해결되는 게 아니다. 이론적인 부분도 항상 숙지해 둬야 한다.

특히나 로인 이스 온라인 같은 MMORPG의 경우에는 그 중요성이 더더욱 높다.

그러는 동안, 진창의 캐릭터가 그를 향해 빠르게 다가왔다.

'거리를 좁혀준다면 나야 좋지!'

라울은 파이터 캐릭터다. 무기를 사용하는 전사 계통의 클래스보다도 사정거리가 더 좁은 초근접 캐릭터다.

그렇기에 거리가 좁혀지면 좁혀질수록 민허에겐 더할 나위 없이 좋았다.

하나 진창도 실력이 전혀 없는 게이머가 아니었다.

일정 거리가 되었다 싶으니 진격을 멈추고 창으로 찌르기 공격을 감행했다.

두세 차례 쏟아지는 빠른 연타. 첫 일격은 쉽게 보고 피할 수 있었지만, 문제는 그다음이었다.

회피 이후의 반격. 민허 특유의 카운터 판정을 이용한 대미지 꽂아 넣기 신공이 불가능했다.

랜서는 라울보다 공격 범위가 더 넓다. 유효 거리가 상대적으로 길다는 것을 이용해 진창은 공격 가능하고 민허는 공격 불가능한 아슬아슬한 거리를 유지하기 시작했다.

그래서 회피에 성공했음에도 불구하고 진창에게 대미지를 넣을 수가 없었다.

'과연, 그런 거로군!'

진창의 작전을 눈치챈 민허가 회피 이후 공격이 아닌 파고들기를 선택했다.

순식간에 다가오는 민허의 캐릭터. 그러나 진창은 당황하지 않고 자신의 캐릭터를 움직여 또 다시 거리 벌리기에 들어갔다.

뒤로 두세 걸음 물러서는 동안에도 랜서의 창은 쉬질 않았다. 후퇴와 동시에 공격. 이 패턴은 민허에게 꽤나 까다롭게 작용했다.

"쳇."

짧게 혀를 찬 민허가 크게 뒤로 물러섰다.

작전을 다시 짜야 했다.

회피, 돌진, 그리고 공격. 이 세 패턴이 먹혀 들어가지 않는 이상 다른 새로운 방식을 강구하는 게 옳았다.

'어떻게 해야……'

머리를 굴려본다.

라울의 플레이를 고수하는 것도 좋지만, 의외성을 이용하는 것도 나쁘지 않았다.

'좋아, 한번 변수를 둬볼까.'

민허의 마우스가 빠르게 움직였다. 스킬을 다시 세팅하기 위함이었다.

'PD님한테 미안하지만 예능 따윈 없다! 오로지 승리뿐!'

그리고 그 잠시의 침묵을 진창이 놓칠 리 없었다.

날카로운 창끝을 정확히 민허에게 겨눴다.

숙소에서 민허를 계속 몰아붙이던 서진창이 승리를 예감했다.

'이겼다!'

주변에 강한 스파크가 일렁이기 시작하더니, 속성 대미지까지 부여되었다.

그가 들고 있는 창의 특수 옵션 때문이었다.

[뇌신의 창(레전더리)]

[힘 +7]

[민첩 +8]

[라이트닝 스피어 +1]

[썬더 블러프 +1]

[공격 스킬 사용 시 10%의 확률로 전격 속성 부여(추가 대미지).]

특수 옵션까지 발동되었다. 운이 좋았다.

민허의 라울 캐릭터에는 속성 저항이 붙어 있지 않았다. 안 그래도 강력한 대미지를 자랑하는 뇌신의 창인데, 무방비 상태에서 공격을 당하게 되면 자칫 잘못하다가 단 한 번의 공격으로 아웃당할 수도 있었다.

절체절명의 위기 상황!

낭떠러지를 앞두고 있을 때 민허가 꺼내 든 카드는 정말로 의외의 것이었다.

기공탄!

라울의 오른손에서 흰색의 작은 에너지 구체가 발사되었다.

피융! 소리와 함께 정확히 서진창에게 명중했다.

"엇?!"

진창의 입에서 작은 비명이 튀어나왔다.

기공탄은 파이터의 공용 기본 스킬 중 하나다. 원거리 스킬이기도 하지만, 기본 스킬이기 때문에 대미지는 그리 높지 않았다.

게다가 민허는 기공탄에 거의 투자를 하지 않았다. 1레벨 기공탄이 만렙에 레전더리 등급 아이템을 둘둘 두르고 있는 진창에게 큰 대미지를 줄 리 만무했다.

그러나 민허는 이것으로 진창을 아웃시킬 생각은 없었다.

노림수는 따로 있었다.

기공탄을 맞은 진창이 잠시 공격 스킬을 캔슬하고 경계 모드로 들어갔다.

지금까지 민허가 보여준 패턴과는 전혀 다른 방식이었기에 자신도 모르게 방어적인 자세를 취하게 된 것이었다.

'강민허가 원거리 공격을? 어째서?!'

진창의 머릿속은 혼란스러웠다. 자신이 들은 정보에 의하면, 강민허는 지금까지 원거리 스킬을 사용한 적이 없다고 알고 있었다.

그 틈을 놓치지 않고 순식간에 거리를 좁힌 민허.

라울의 사정거리까지 좁히자마자 곧장 일격을 가했다.

붕권!

라울이 자랑하는 메인 공격 스킬 중 하나였다.

그러는 동안, 앗차 싶은 서진창이 반사적으로 공격 스킬 커맨드를 입력했다.

큰 대미지를 자랑하는 스킬이 교차했다.

카운터! 카운터!!

서로 카운터 판정이 났다. 그에 따라 두 캐릭터의 HP가 쭉쭉 줄어들었다.

진창과 같이 민허의 라울 역시 방어력에 그리 많은 투자를 하지 않았다. 그렇기에 한 번의 공격에 큰 대미지를 받을 수밖에 없었다.

이렇게 된 이상 이들이 선택할 수 있는 건 하나뿐이었다.

'어쩔 수 없지.'

'난타전으로 간다!'

결국 방어 따윈 포기하고 서로가 서로에게 무차별적으로 공격을 퍼부었다.

사정없이 깎이는 HP. 제아무리 레전더리 아이템을 두르고 있는 진창이라고 하지만, 가죽보다 기본 방어력이 높은 경갑을 착용한 민허보다 방어력에선 부족한 점이 많았다.

반면, 민허는 진창에 비해 공격력이 부족했다.

결국 두 캐릭터의 HP가 비슷한 시점에서 바닥을 드러냈다.

판정은······.

System: Draw!

시스템 보이스가 무승부 판정을 내렸다.

좀처럼 보기 힘든 결과가 나왔다.

무승부라는 결과가 뜨자 다시 한번 채팅창이 불타오르기 시작했다.

이유는 크게 두 가지였다.

첫 번째는 PvP에서 좀처럼 보기 힘든 무승부가 나왔다는 것. 심지어 그게 방송 경기로 나왔으니 그것을 직접 본 게임 팬 입장에선 진귀한 장면을 목격한 셈이기도 했다.

그리고 두 번째. 서진창이 압도적으로 우세할 거란 예상을 깨고 민허가 무승부를 이끌어냈다는 점이었다.

A 리그에서 공식전을 단 두 번밖에 안 가진 선수가 서진창을 상대로 무승부라니. 진창은 R 리그에서도 연승 기록까지 세웠었던 유명 선수 중 한 명이었다. 서진창이라는 이름 세 글자를 아는 게임 팬이라면 당연히 그의 승리를 점칠 수밖에 없었다.

그러나 이 모든 예상을 뒤엎고 무승부를 이끌어낸 강민허.

결과는 놀라움 그 자체였다.

화영을 비롯해 대다수의 사람들은 이렇게 생각했다.

무승부를 만들어낸 것도 잘한 것이다.

그러나 마우스와 키보드 위에 손을 뗀 뒤에 내뱉은 민허의 말은 귀를 의심하게 만들기에 충분했다.

"실망스런 모습을 보여 드려서 죄송합니다. 이겼어야 했는데 약간의 계산 착오가 있었네요."

"무슨 말씀이세요. 서진창 선수를 상대로 비긴 것만으로도 대단한 거 아닌가요?!"

화영이 모두의 심정을 대변했다.

그러나 민허의 표정은 별로 좋지 않았다.

"아니요. 기왕 나온 거, 이겨야죠. 그나저나 좀 아쉽네요. 템 몇 개만 있었으면 쉽게 이길 수 있었을 텐데."

"쉬, 쉽게라니……."

"뭐, 그래도 어쩔 수 없죠. 나중에 다시 붙을 때에는 제가 이기도록 하겠습니다."

"……."

민허의 대범함은 이들의 상상을 훨씬 뛰어넘었다.

＊　　　　＊　　　　＊

한편. 나이트메어 측 역시 적지 않은 충격을 받았다.

"선배랑 해서 무승부?!"

"핵 쓴 거 아니야?"

여기저기서 말도 안 된다는 식의 반응이 튀어나왔다.

그러나 예나가 이들을 자중시켰다.

"그럴 리 없잖아. 방송에서 대놓고 핵 쓰는 바보가 어디 있어."

"그래도……."

"……."

이들의 입장에선 이해가 안 되는 것이 당연했다.

동경의 대상이자 나이트메어의 에이스 중 한 명. 그런 서진 창이 고작 신인 프로게이머와 치열한 공방전 끝에 무승부라니.

사실 자존심이 많이 상할 법한 일이기도 했다.

그러나 당사자인 진창의 표정은 그렇게까지 어둡지 않았다.

"재미있는 녀석이 입문했어."

마지막에 민허와 주고받았던 난타전. 그 감촉이 아직까지 잊혀지지 않았다.

녀석은 진짜다! 그와 공방을 주고받으며 느낀 깨달음이었다.

'거품 따위가 아니었어. 강민허, 이 사람은 어쩌면 정말로 백 필이를 쓰러뜨릴 수 있을지도 몰라!'

이런 생각이 들자, 몸에 절로 소름이 돋았다.

괴물의 출연!

오랜만에 서진창의 심장이 두근거렸다.

        ＊   ＊   ＊

PvP 파트가 끝난 이후, 두 번째 파트인 던전 공략 코너가 시작되었다. 대상으로 삼은 곳은 1인 던전 중에서도 극악 난도를 자랑하는 던전인 고룡의 탑 최상층.

파티도 못 맺는 1인 던전이기에 유저들을 괴롭히는 장소 탑 10 안에 꼭 이름을 올리는 곳이었다.

"강민허 선수가 공략 방법을 알려주실 텐데요. 필요한 준비물 같은 거 있을까요?"

"아니요. 딱히 없습니다만."

"그, 그래요?"

"네. 그냥 피지컬만 있으면 돼요."

"가장 준비하기 어려운 게 필요하네요."

화영의 말대로였다. 모든 이들이 민허만큼의 피지컬을 가지고 있는 건 아니었으니까.

"그럼 바로 시작할게요. 카메라 돌려주세요."

그녀의 진행 멘트에 따라 화면이 전환되었다.

로딩이 끝나자 민허의 캐릭터, 라울이 등장했다.

고룡의 탑은 총 10층까지 존재한다. 최상층에 진입하기 위해선 1층부터 차례차례로 저층부터 클리어를 해나가야 한다.

일반 유저들은 던전의 미친 난도 덕분에 7층 이상으로 올라가는 것이 꽤나 힘들었다. 참고로 일반 유저의 기준이란, 만렙과 유니크 등급 이상의 아이템으로 풀 세팅을 한 유저를 가리켰다.

민허는 만렙도 아닐뿐더러 아이템도 아칸의 벨트를 제외하고 전부 다 매직 등급에 지나지 않았다.

이런 열악한 상황에서 최상층을 공략한다?

어림도 없었다. 로인 이스 온라인의 신이 와도 그건 불가능해 보였다. 그러나 민허는 호기롭게 외쳤다.

"빠르게 갈게요!"

서진창과의 추가 PvP 매치 덕분에 시간이 꽤나 촉박해졌다.

제시간에 방송을 끝내기 위해서라도 진행 속도를 재촉할 필요가 있었다.

새끼 용 다수가 라울을 향해 달려들었다. 민허는 공격 시도조차 하지 않았다. 그저 주변을 빙빙 돌면서 새끼 용들을 모을 뿐이었다.

이윽고 새끼 용 중 네임드급 중간 보스가 브레스를 뿜는 순간, 빠르게 반격기 커맨드를 입력했다. 아칸의 벨트 효과로 인해 브레스조차 퉁겨낼 수 있는 능력을 지니게 된 라울. 매서운 브레스는 타겟을 바꿔 새끼 용들을 덮쳤다.

화르르르륵!

높은 대미지를 선사하며 그 많던 새끼 용들을 단번에 소멸시켰다. 하나 남은 중간 보스도 HP가 상당히 많이 줄어들었다.

그 틈을 놓치지 않은 민허가 일격을 가했다.

빠각!

System: 고룡의 탑 1층 Clear!

System: 2층으로 향합니다.

1층을 클리어하는 데에 걸린 시간은 채 1분이 되지 않았다.

몹 몰이 때문에 시간이 걸렸을 뿐이지, 실제로 몹들을 퇴치하는 데에는 10초? 그 정도밖에 안 걸렸다.

"와, 이런 방법이……."

화영이 진심에서 우러나오는 놀라움을 표했다.

확실히 놀라운 공략법이었다.

그러나 문제가 있다면.

'반격기를 메인 스킬로 사용하는 유저 자체가 드문데.'

속으로 쓴웃음을 삼키는 화영이었으나 머릿속에 든 생각을 직접 말로 꺼내진 않았다.

구태여 그녀가 말하지 않아도 보는 시청자들 역시 같은 생각을 가지고 있을 테니까.

2층 역시 마찬가지로 같은 전략을 보여주며 1분 내로 클리어했다.

그러나 3층부터는 다르다.

고룡의 탑은 패턴이 정해져 있다. 3, 6, 9, 그리고 최상층인 10층은 보스와의 1 대 1 구도다. 나머지 층은 1, 2층처럼 단순한 물량 공세 패턴이다.

3층부터는 어떤 식의 공략을 보여줄까?

호기심이 생긴 모양인지 화영조차 시청자 모드로 돌입했다.

3층 중간 보스는 고룡 친위대라는 이름이 붙은 네임드. 거대한 도끼를 휘두르는 근육질의 인간형 몬스터였다.

-감히 인간 따위가 이곳에 발을 들이다니!! 두 동강을 내주마!!

호기롭게 외치는 고룡 친위대. 그러나 민허에게 위협을 주기엔 한없이 부족했다.

타닥, 탁!

그의 손이 빠르게 움직이며 커맨드를 입력했다. 안으로 파고들자마자 폭딜을 퍼부었다.

그러면서 민허의 입에서 설명 투의 대사가 흘러나왔다.

"고룡 친위대는 공격 모션이 상당히 큽니다. 그러니까 타이밍 잘 보다가 안쪽으로 파고들어서 이런 식으로 폭딜 넣으면 돼요."

"그… 렇군요."

"어때요. 참 쉽죠?"

솔직히 말해서 말이 쉽지, 따라하는 건 결코 쉽지 않았다.

물론 공격 한 방, 한 방이 매우 크다는 건 일반 유저들도 잘 알고 있었다. 그러나 그 타이밍을 보고 안쪽으로 파고드는 건 꽤나 어려운 일에 속했다. 이때다 싶어 안으로 파고들 때에 재차 후속타가 들어오기 때문이었다.

완벽한 타이밍이 아니고서야 안쪽으로 파고드는 건 사실 불가능에 가까웠다. 오히려 빈틈이 생길 때 원거리에서 짤짤이식 공격을 가해 야금야금 HP를 갉아먹는 전략이 유행하고 있었다.

그러나 민허가 보여준 방식은 달랐다.

한 번의 타이밍을 잡고 폭딜. 그 덕분에 이번에도 역시 1분이 채 안 되는 시간에 클리어했다.

"자, 다음 층 갑니다."

민허에겐 공략이었지만, 다른 이들에겐 거의 서커스 수준의 묘기에 불과했다.

*   *   *

순식간에 최상층에 도착한 민허.

그의 앞을 가로막는 건 고룡의 탑 최상층 보스, 고룡 미우스였다.

[고룡 미우스]

[Lv: 85]

[HP: 30,000]

[드래곤 타입]

[초대형 몬스터]

[무속성]

[고룡의 탑 최상층에 사는 최종 보스. 수천 년을 살면서 공포의 지배자가 된 존재.]

민허가 예전에 상대했던 보스, 블랙 크랩보다도 훨씬 레벨도 높고 HP도 두 배가량 많았다.

블랙 크랩이 4인 보스라는 것을 감안한다면, 1인 던전 최종 보스인 고룡 미우스를 잡기가 얼마나 어려운 일인지 알 수 있는 대목이었다.

"저건 어떻게 잡으실 건가요?"

어느새 화영이 그의 곁으로 바짝 다가와 물었다. 화면에 가득 찬 미우스의 모습에서 풍기는 위압감은 장난이 아니었다.

그러나 민허는 별것 아니라는 식으로 대답했다.

"아까 1층에서 보여 드린 제 공략법, 기억하고 계시나요?"

"반격기로 브레스 튕겨낸 거요?"

"네."

"그게 가능한가요?"

"아칸의 벨트가 있다면 가능합니다."

말이 끝남과 동시에 미우스가 화염 브레스를 뿜어냈다.

화아아아아악!!

강력한 대미지를 뿜어내는 용의 브레스가 그를 덮쳤다. 브레스 타임은 방어, 회피 타이밍이기도 했다.

그러나 민허에겐 절호의 공략 찬스였다.

반격 자세를 취한 라울이 손을 한 번 휘저은 순간, 그를 향해 달려들던 브레스가 방향을 선회해 고룡 미우스를 덮쳤다.

화르르르륵!!

그의 전신이 불타오르기 시작했다. 절호의 딜 타이밍을 잡은 민허가 캐릭터를 움직였다.

앞으로 치고 나간 라울이 미우스의 꼬리를 공략했다.

퍼벅! 퍽퍽!

붕권을 비롯해 강력한 딜을 자랑하는 공격 스킬이 몇 방 꽂히자 미우스의 꼬리가 절단되었다.

부위 파괴 모션이었다.

"꼬리를 부파시키면 경직이 걸려서 딜 타이밍이 또 나옵니다. 그때 또 폭딜을 넣어주시면 돼요."

"아하, 그렇군요."

반격기, 그리고 부파에 이은 경직 타이밍을 이용해 쉼 없이 딜을 꽂아 넣었다.

그 패턴을 몇 번 반복하고 나니 그로기 상태에 접어든 미우스. 한 대 툭 건드리자, 거대한 덩치가 쿠웅! 소리를 내며 쓰러졌다.

System: 고룡 미우스가 쓰러졌습니다!
System: 고룡의 탑 10층 Clear!

"어때요. 정말 쉽죠?"

"……."

'아니오'라는 말이 목 언저리까지 올라왔다가 겨우 내려갔다.

쉬울 리가 있나!

이 공략을 쉽다고 말하는 건 오로지 민허밖에 없을 것이다.

그래도 방송은 방송 아니겠는가.

사건을 너무 많이 드러내면 그것 또한 안 될 일이었다.

"재미있는 공략 알려주셔서 고마워요. 시청자분들도 분명 재미있는 시간이 되었을 거예요."

"그렇다면야 다행이군요."

이미 민허의 플레이 탓에 SNS, 커뮤니티 게시판은 난리 통을 이루고 있었다.

정녕 저게 사람이 보여줄 수 있는 플레이란 말인가!

댓글창이 감탄사로 도배되는 와중에 아쉽게도 오늘 방송의 끝을 알리는 배경음이 들려왔다.

"오늘 어떠셨어요?"

"재미있었습니다. 나중에 또 불러주세요."

"정말요? 그럼 다음번에 한 번 더 나와주시는 거예요. 아셨죠?"

"화영 씨 같은 미인이 불러주신다면야 언제든지 가야죠."

그의 멘트가 꽤 마음에 든 모양인지 화영의 입가에 함박웃음이 새겨졌다.

"오늘 리오 초보 성장기는 여기서 마치도록 할게요. 다음에 또 봬요!"

화영과 함께 두 손을 들고 흔들어 보였다.

이것으로 다사다난했던 민허의 첫 방송 프로그램 출연이 끝을 맞이했다.

제8장
준플레이오프

A 리그 경기가 있는 날.

민영전 캐스터가 목청을 높였다.

"믿기지 않습니다! ESA, 벌써 6연승째입니다!"

"게다가 여섯 경기 전부 다 2 대 0이네요. 다시 봐도 이게 뭔 가 싶습니다."

"이거야말로 기적이 아닐까요! 어찌 되었든 이것으로 ESA는 남은 결과에 상관없이 준플레이오프 진출을 확정 지었습니다!"

민영전 캐스터와 하태영 해설이 서로의 소감을 교환했다.

설마 만년 꼴찌 팀, ESA가 준플레이오프에 진출할 줄이야!

비록 A 리그라고 하지만, ESA가 보여준 기적은 업계 관계자 들의 눈을 휘둥그레 만들기에 충분했다.

특히나 A 리그의 슈퍼 히어로로 떠오른 혜성, 강민허에게 모두의 시선이 집중되었다.

그의 활약 덕분에 준플레이오프 진출을 확정지었다 해도 과언이 아니었기 때문이었다.

허태균 감독은 A 리그 주전 멤버를 강민허, 성진성, 한보석. 이렇게 세 명으로 고정해 출전시켰다.

단 한 번의 멤버 교체도 없었다. 그럼에도 불구하고 다른 팀들은 ESA의 기세를 꺾지 못했다.

알면서도 막지 못하는 데에서 오는 답답함이 이리도 클 줄이야. 타 팀의 감독들은 그 감정을 ESA에게 받을 것이라고 전혀 생각할 수 없었다.

여하튼 ESA는 오늘 경기의 승리로 인해 준플레이오프에 진출했다.

승자 인터뷰를 진행하기 위해 무대 위로 올라온 기적의 3인방.

"강민허 선수! 저랑 몇 번째 만나는 건지 혹시 기억하세요?"

"글쎄요. 하도 많아서 잘 모르겠네요."

화영의 물음에 민허가 너스레를 떨며 대답했다.

"오늘 경기로 준플레이오프를 확정지었어요! 소감 한마디 안 들어볼 수 없겠죠?"

"에… 우선은 저희 ESA 팀을 응원해 주신 팬 여러분들에게 정말 감사의 말을 드리고 싶습니다. 약팀으로 분류되는 저희를 믿어주신 만큼, 꼭 결승전 가서 우승으로 보답드릴 수 있게끔 하겠습니다."

"어머, 준플레이오프 승리는 이미 점치고 계신가 보네요."

"저는 준플레이오프든 플레이오프든 밑의 경기는 신경 안 쓰고 있습니다. 오로지 결승전. 이레이저 나인을 꺾고 우승할 겁니다."

이미 결승에 직행한 팀은 이레이저 나인으로 일찌감치 결정되어 있었다.

ESA 팀은 앞으로 준플레이오프에서 TK3와 겨룰 예정이었다. 승리할 경우에는 플레이오프에서 나이트메어와 일전을 치르게 된다.

이마저도 승리를 거둘 시에는 우승컵을 두고 이레이저 나인과 대결하게 되고, 여기서 승리한 팀이 A 리그 우승 타이틀을 거머쥐게 된다.

민허의 목표는 오로지 우승이다. 그거 하나만 보고 지금까지 줄곧 달려왔다.

마이크를 거머쥔 화영이 마무리 멘트를 꺼냈다.

"다음 주에 있을 준플레이오프 승자 인터뷰에서 다시 찾아뵐게요. 지금까지 이화영이었습니다!"

마무리 멘트가 끝남과 동시에 카메라가 중계진의 모습을 담기 시작했다.

그러는 동안, 화영과 ESA 팀 멤버들이 인터뷰 무대 아래로 내려왔다.

무대 뒤편으로 향하는 복도에 접어들자, 화영이 민허에게 다가와 말을 걸었다.

"오늘 경기, 재미있었어요. 강민허 선수 경기는 매번 볼 때마다 흥미진진한 거 같아요."

"사람들은 아슬아슬한 줄타기를 보는 거 같다고 하던데요."

"호호, 강민허 선수 캐릭터 레벨을 생각한다면 그런 걱정은 당연한 거예요."

5레벨에 제대로 아이템도 갖춰지지 않은 캐릭터로 경기를 펼치니 대다수의 게임 팬들은 화영과 같은 기분을 느끼곤 했다.

그래도 결과적으로는 좋게 되었으니 다행 아니겠는가.

"기대하고 있을게요. 준플레이오프, 꼭 이기세요!"

"감사합니다. 그리고 말 편하게 하셔도 돼요."

"네?"

"매번 '강민허 선수'라고 말하면 피곤할 테니까요. 그냥 이름 불러주세요."

화영의 얼굴에 살짝 당황한 기색이 흘렀다. 그러나 이내 방긋 미소를 지었다.

"그럼 민허 씨라고 부를게요. 그럼 저도 이름으로 불러주세요."

"하하, 네. 화영 씨."

"그럼 준플레이오프, 힘내세요!"

손을 가볍게 흔들며 먼저 자리를 뜨는 이화영.

그녀와 민허의 대화를 바로 곁에서 지켜보던 진성이 살짝 짜증을 냈다.

"좋겠다. 미녀 팬 한 명 확보해서."

"이번에 우승하면 진성이 형한테도 많이 생길 거야."

"어련하겠냐."

진성은 누구보다도 잘 알고 있었다.

민허의 이 말이 괜한 희망 고문이라는 사실을.

*　　　*　　　*

준플레이오프까지 남은 시간은 고작해야 1주일.

준비 기간도 상당히 짧았다.

본래 평상시 경기는 3전 2선승제로 펼쳐지지만, 준플레이오프와 플레이오프, 그리고 결승전은 5전 3선승제로 진행될 예정이었다. 그렇기에 보다 더 많은 준비 기간이 필요했다.

하나 ESA 팀은 가장 나중에 합류한 팀인 만큼 준비 기간이 더없이 짧았다.

상대는 TK3.

"이쪽도 강팀이라면 강팀인데."

허태균 감독이 펜을 굴리며 고민을 거듭했다.

이미 강민허라는 카드는 전부 다 공개되었다. 그렇기에 TK3가 어떻게 나올지도 빤히 알고 있었다.

강민허만 집중 공략 한다. 그를 쓰러뜨리기만 하면 승기는 TK3가 가져올 게 뻔했다.

허태균 감독도 그걸 누구보다도 잘 안다. 그러나 문제가 있었다.

'그렇다고 민허를 뺄 수도 없어.'

그것이 최대 단점이었다.

TK3가 꺼내 들 전략이 뭔지 빤히 알고 있음에도 불구하고 그에 따른 대처를 할 수 없다는 게 ESA의 가장 큰 고뇌였다.

민허를 빼면 이들은 남는 게 없다.

진성과 보석의 기량이 많이 올라왔다고는 하지만, 그건 전부 다 민허 덕분이었다.

선수층이 얇다는 게 이토록 고통스러운 일일 줄이야.

잘 알고 있었지만, 매번 겪을 때마다 골치가 아팠다.

한편, 허태균 감독이 하고 있는 고민이 어떤 내용인지 코치진들 역시 알고 있었다.

"감독님. 민허 녀석, 그대로 출전시킬 건가요?"

오진석 코치가 핵심 질문을 꺼냈다. 나선형 코치 역시 그 말이 하고 싶었던 모양인지 허태균에게 시선을 집중시켰다.

"솔직히 말해서 모르겠다."

"만약 민허가 나간다면, 녀석의 존재는 양날의 검이 될 겁니다."

준플레이오프의 최대 강점이 바로 강민허다. 그러나 오히려 그것이 이번 TK3와의 경기에서 커다란 약점으로 작용할 수 있었다.

진석도, 선형도 허태균 감독의 모순된 고민에 대해 익히 공감했다.

그때, 나선형 코치가 절충안을 냈다.

"민허에게 한번 의견을 물어볼까요?"

"그것도 나쁘지 않겠군."

강민허 본인은 어떻게 생각하고 있을까. 그 점도 중요했다.

잠시 자리를 비운 선형이 연습 중인 민허와 진성, 보석을 데려왔다.

이 멤버들이 허태균 감독이 생각하는 ESA가 내보낼 수 있는 A 리그 최강의 구성 멤버였다.

이들 셋을 응시한 허태균 감독이 곧장 입을 열었다.

"거두절미하고 말하마. TK3는 분명 민허, 너에 대한 대비책을 세우고 올 거다. 그쪽도 바보는 아니니까."

"아무래도 그렇겠죠."

민허도 잘 알고 있다는 식으로 대답했다.

연승이 이어지면 이어질수록 민허만을 견제하고자 하려는 분위기가 절로 형성되었다.

아직까지는 민허의 플레이가 통하긴 했지만, 상대 팀이 마음먹고 한 명만을 견제한다면 제아무리 민허라 하더라도 어쩔 수 없는 상황까지 오게 될 것이다.

그것이 허태균 감독과 두 코치의 생각이었다.

"이런 말을 하면 우습게 들릴지도 모르지만, 만약 TK3가 우리가 생각한 전략을 꺼내 든다면, 오히려 네가 우리 팀의 큰 약점이 될 거다."

"그렇군요."

"이런 위험 부담을 감수하고 너를 내보내느냐, 아니면 다른 멤버로 교체 투입하느냐. 이 선택의 기로에 놓여 있지. 너를 부른 건 네 생각을 묻기 위해서다."

발언의 기회가 주어졌다.

동시에 민허는 잠깐의 고민도 없이 답변을 들려줬다.

"나가겠습니다."

"설령 그게 팀의 패배로 이어진다 해도 말이냐?"

이번에 지면 끝이다. 두 번 다시 기회가 없을지도 모른다.

그러나 민허의 자신감은 여전했다.

"상대방이 어떤 전략을 준비해 와도 저를 막을 순 없을 겁니다. 왜냐하면 저도 저 나름대로 대비책을 세울 테니까요."

"그렇단 말이지……."

민허는 수동적인 선수가 아니었다.

능동적이고 융통성이 많은 프로게이머다. 실제로 경기에 들어갔을 때 작전을 구상하고 지시하는 건 민허의 몫이었다.

그 덕분에 지금까지 ESA는 수많은 강팀을 상대로 2 대 0이라는 놀라운 스코어를 기록했다.

사람들은 이런 현상을 소위 '라울 스코어'라 부르고 있었다.

강민허가 만들어낸 기적의 스코어! 그것이 과연 준플레이오프에 통할 것인지에 대해선 지켜봐야 할 일이었다.

잠시 입을 굳게 다물고 있던 허태균 감독이 이번에는 진성과 보석에게 시선을 돌렸다.

"너희는 어떻게 생각하냐."

"저는 개인적으로 민허가 있어야 한다고 봅니다."

한보석이 가장 먼저 자신의 생각을 들려줬다.

잠시 고민하던 진성도 마지못해 고개를 끄덕였다.

"인정하고 싶진 않지만, 민허가 없으면 힘들 거 같습니다."

프라이드가 높은 진성마저도 민허의 능력을 인정했다.

아니, 인정할 수밖에 없었다.

실제로 그는 좋은 결과로 자신의 실력을 보여줬으니까.

세 명이 공통된 입장을 보였다. 제아무리 감독이라 하더라도 선수들의 의견까지 묵살시키고 싶진 않았다.

"좋아. 민허야! 가서 라울 스코어로 이겨 버리자!"

이로서 민허의 출전이 확정되었다.

＊　　　　＊　　　　＊

준플레이오프 당일.

대기실에서 오늘의 출전 명단을 살펴보던 TK3의 감독, 이민호는 자신의 눈을 의심했다.

"설마설마 했는데 정말로 강민허를 내보낼 줄이야."

솔직히 말해서 어이가 없었다.

허태균 감독도 실력이 전혀 없는 사람은 아니었다. 이민호가 인정하는 몇 안 되는 실력과 감독 중 한 명이었다.

그런 그가 민허를 내보낸다? 상식적으로 이해가 잘 안 됐다.

"저희가 강민허 대비책을 가지고 나올 거란 사실을 모르는 거 아닐까요?"

코치가 혹시나 하는 생각에 묻지만, 민호가 단호히 대답했
다.

"아니, 그럴 리가 없어. 허 감독이 바보도 아니고."

"근데 왜 강민허를 내보냈을까요?"

"그걸 모르겠단 말이지……."

분명 무슨 꿍꿍이가 있지 않을까. 의구심만 가득 드는 와중
에 스태프 한 명이 TK3 대기실을 찾았다.

"선수분들 부스로 올라오셔서 장비 세팅해 주세요."

"이 코치. 애들 데리고 세팅해."

"감독님은요?"

"나? 뻔하잖아."

넥타이를 꽉 조여 맨 이민호 감독이 의미심장한 웃음을 뿜
냈다.

"전력 탐색 하러 가야지."

＊　　　＊　　　＊

유니폼을 갖춰 입은 ESA 선수들이 뒤이어 간단한 메이크업
을 받기 시작했다.

그러는 동안에도 진성과 보석의 얼굴에는 긴장감이 떠날 줄
몰랐다.

반면, 민허는 비교적 여유로웠다.

"형들, 너무 그렇게 긴장하지 마세요. 그냥 평소처럼 하자고요."

"……."

"……."

간단한 대답조차도 힘들었다.

준플레이오프라는 단어가 주는 무게감은 이들에게 있어서 상상을 초월했다. 난생 처음 서보는 무대였기에 더더욱 그럴 수밖에 없었다.

'이거 참. 난감하구만.'

속으로 쓴웃음을 삼키는 강민허. 뒤에서 지켜보던 허태균 감독도 이들을 격려했다.

"민허 말이 맞다. 적당한 긴장감도 좋지만 긴장을 너무 많이 하면 경기에 방해만 될 뿐이야. 평상시 했던 것처럼 해라. 알았지?"

"아, 알겠습니다!"

"노력해 보겠습니다!"

말은 그렇게 해도 여전히 딱딱함이 묻어났다.

그렇게 선수들의 긴장을 풀어주기 위해 노력하는 동안, 낯선 손님이 ESA 대기실을 찾았다.

"허 감독. 오랜만이야."

"응?"

허태균 감독을 찾아온 한 남자.

TK3팀의 이민호 감독이 인위적인 미소로 반가움을 드러냈다.

"음?"

이민호 감독의 모습을 보자 허태균 감독이 절로 고개를 갸우뚱했다.

"네가 여긴 웬일이냐."

"웬일이긴. 서로 좋은 경기 만들어보자고 인사 차원에서 한 번 온 거지. 아! TK3 감독인 이민호라고 합니다."

허태균 감독이 인사도 시켜주기 전에 스스로 자기를 소개하며 명함을 돌리는 이민호 감독이었다.

민허를 비롯해 진성과 보석도 졸지에 명함을 받았다.

'이 사람이 TK3 감독이군.'

민허의 시선이 그를 훑었다.

깔끔한 양복 차림의 신사. 물론 이런 오프 경기 때마다 프로 팀 감독들은 이 감독과 같은 양복 차림으로 모습을 드러내곤 했다. 그러나 뭐랄까. 이 감독은 거기에 좀 더 멋이라는 분위기가 살아난 듯한 그런 느낌이었다.

게다가 어투도 영업 쪽에서 오랫동안 종사한 사람의 것과 비슷했다.

'하긴, 이 업계에도 여러 부류의 사람들이 있으니까.'

어차피 경기에 큰 영향을 미치진 않는 요소였으니 신경 쓰지 않기로 했다.

그러나 이 감독은 달랐다.

'저 선수가 강민허군.'

TV를 통해선 여러 번 그의 모습을 접했었지만, 이렇게 직접 대면하는 건 처음이었다.

도백필처럼 뭔가 특별한 오라가 있다든지 하는 그런 건 느껴지지 않았다.

하나 뭐랄까. 다른 선수에게서 찾아보기 힘든 투기가 있었다.

강한 승부욕! 그리고 자신감! 그것이 민혀의 트레이드 마크였다.

선수들에게 말을 붙이고 싶어 하는 이 감독이었으나 그것을 허 감독이 가만히 보고 있을 리 만무했다.

"방해하러 온 거면 나가라."

"하하, 방해 아니라니까. 그냥 인사 차원에서 온 거라고."

"그럼 나가서 이야기하자."

"자, 잠깐만!"

이 감독의 손목을 잡고 억지로 바깥으로 끌고 나가는 허 감독.

두 사람의 모습을 응시하던 보석이 쓴웃음을 지었다.

"이 감독님, 여전하시네."

"그러게 말이에요."

진성도 이 감독의 성향이 뭔지 알고 있는 듯해 보였다.

메이크업을 가장 빠르게 마친 민혀가 유니폼의 옷 주름을 펴며 물었다.

"저 사람이 왜?"

"이 감독님 특유의 방법이 있거든. 인사 차원에서 선수 대기실로 와서 일부러 말을 막 거는 거야. 그걸로 상대 팀이 어떤 성향의 작전을 짜 왔는지, 아니면 어떤 전략을 구사할지 유추한다고 하더라."

"아하."

보석의 설명을 듣고 나서야 이민호라는 사람이 어떤 사람인지 제대로 알 수 있었다.

트라이얼 파이트 7 당시에도 그런 비슷한 부류의 감독, 코치가 존재했다.

중요한 경기를 앞두고 있을수록 비중이 높아지는 게 바로 정보전이다. 이 감독은 상대방과 주고받는 사소한 말투와 표정 변화를 통해 어렴풋이나마 그런 것들을 유추하는 데에 특화되어 있는 인물이었다.

덕분에 타 구단에선 그의 인식이 별로 좋지 않았지만, 민허는 달랐다.

그러나 민허는 달랐다.

"재미있는 사람이네."

"재미있긴 개뿔. 저 정도면 민폐지."

진성은 민허와 생각이 다른 모양인지 질렸다는 얼굴로 고개를 좌우로 흔들었다.

그러는 순간, 민허의 뇌리에 작은 아이디어 하나가 스쳤다.

'어쩌면……'

민허의 한쪽 입꼬리가 슬며시 위로 올라갔다.

오프 경기 준비에 한창일 때, 부스 안에서 장비를 세팅 중이던 민허의 시선이 TK3 부스 쪽으로 향했다.

선수들과 함께 이 감독 역시 코치진들과 함께 선수들의 세팅을 도와주고 있었다. 그러던 찰나에 부스 바깥으로 향하는 이 감독의 모습을 목격한 민허.

'지금이군.'

민허도 자리에서 일어섰다. 그러자 진성이 행적을 물었다.

"어디 가냐."

"잠깐 화장실 갔다 오려고."

"빨리 갔다 와라. 곧 있으면 방송 시작할 테니까."

"알았어."

무대 뒤쪽으로 향하는 민허의 발걸음이 빨라졌다.

화장실은 각각 좌측과 우측에 배치되어 있었다. 민허가 있는 부스 쪽에선 우측 화장실이 가장 가까웠다. 그러나 민허는 일부러 우측이 아닌 좌측 화장실로 향했다.

목적은 따로 있었다.

'과연 있을까?'

기대감을 가지며 화장실 안쪽으로 접어들자, 때마침 소변을 보던 이 감독의 모습이 시야에 포착되었다.

'있군!'

속으로 몰래 웃음을 삼킨 민허가 일부러 그에게 알은체를 해왔다.

"안녕하세요, 감독님."

"음? …오! 강 선수!"

이 감독이 반가운 기색을 보였다.

왜 그가 구태여 좌측 화장실을 이용하는지에 대한 의구심은 조금도 들지 않았다. 이 감독의 머릿속엔 '절호의 기회다!'라는 생각만 가득 찼기 때문이었다.

허 감독의 모습도 보이지 않았다. 이 감독 특유의 '캐묻기 수법'이 제대로 통할 만한 조건이었다.

'운이 좋군!'

이기기 위해서라면 무슨 짓이든 한다!

그것이 바로 이 감독의 철칙이었다.

"그러고 보니 강 선수. 오늘 경기는 준비 잘해 왔습니까?"

"준비야 뭐… 평소와 똑같죠."

"평소와 똑같다?"

"네."

슬그머니 민허의 표정을 살폈다.

'오호라, 평소랑 같단 말이지.'

놓치기 힘든 말을 들었다.

"그 평소라 함은, 어떤 평소를 말하는 겁니까?"

"그냥 저 위주로 굴러가는 거죠."

자신감에 넘쳐 살짝 입이 싼, 그리고 이 감독의 유도신문에 잘 넘어가는 남자를 연기했다.

민허 위주로 굴러가는 작전. 가장 많이 보여준 패턴이 하나 있었다.

민허가 상대 진영으로 파고들어 진영을 헤집고, 그로 인해 엉망이 된 상대 팀을 각개격파하는 식으로 플레이한다.

그게 A 리그에서 보여준 ESA 팀의 전형적인, 그리고 평균적인 전략이었다.

'그 전략을 구사한다는 건가.'

하기야. 허 감독의 입장도 공감이 되었다. 강민허를 뺀다는 건 다시 말해서 팀의 패배와 직결되는 것과 마찬가지라 할 수 있었다.

상대 팀이 대강민허 전략을 꺼내 든다 하더라도 민허의 피지컬에 믿고 의존하는 게 지금의 ESA 팀의 현실이었다.

강민허의 출전이 그것을 뒷받침하는 강력한 근거였다.

'강민허의 단독 플레이. 그것만 견제하면 되겠군!'

TK3가 플레이해야 할 방향성이 정해지는 순간이었다.

*　　　*　　　*

"전국에 계신 게임 팬 여러분, 안녕하십니까! 결승 티켓을 거머쥐기 위한 프로 팀들의 치열한 현장! A 리그 준플레이오프에 오신 것을 환영합니다!"

민영전 캐스터의 멘트를 시작으로 드디어 준플레이오프의 막이 열렸다.

TK3와 ESA 팀은 그렇게까지 많은 인기를 자랑하는 구단이 아니었다. 그럼에도 불구하고 준플레이오프라는 단어가 주는 무게감 때문일까. 아니면 갑작스레 상승한 민허의 인지도 덕분일까. TGP 스타디움은 관객들로 인산인해를 이뤘다.

"아 씨… 오늘따라 왜 이리 많아."

관객석을 지켜보던 진성이 살짝 신경을 부렸다. A 리그로 결승전을 제외하고 스타디움 관객석을 이렇게나 가득 채운 건 실로 오랜만의 일이었다. 좋은 일임에도 불구하고 경기를 치를 선수 입장에선 다소 부담이었다.

말은 안 했지만, 보석도 사뭇 긴장한 눈빛으로 관객들을 응시했다.

그러나 민허는 여전히 여유로웠다.

"형들. 경기 들어가기 전에 하고 싶은 말이 있는데."

"하고 싶은 말?"

"뭔데, 유언이라도 남기려는 거냐."

진성의 독설에도 불구하고 민허는 여전히 평상시의 태도를 굳혔다.

"전략 수정하려고."

"이제 와서?!"

"미친, 무슨 개소리냐! 감독님하고 코치님이 짜준 전략은?!"

사전에 합의를 봤던 전략이 있었다.

그러나 민허는 너무나도 간단하게 답했다.

"전부 다 무시. 머릿속에서 지워 버려."

마치 지우개로 슥슥 지우듯 흉내 내는 민허의 모습에 한숨이 절로 새어나왔다.

이건 심각한 문제였다.

"…보석 형, 어떻게 할 거야?"

"어떻게 하긴……."

고민이 될 수밖에 없었다.

준플레이오프가 확정되고 난 이후. 일주일 동안 연습했던 전략이 있었다.

그 전략을 사용하지 말라니. 황당하기 그지없는 요구였다.

"민허야."

"어."

"네 말대로 하면 확실히 이길 수 있냐?"

보석의 눈이 민허를 지그시 응시했다.

사실대로 답해달라는 요구가 담긴 그런 눈빛이었다.

"100%야."

"…알았다."

무겁게 고개를 끄덕인 보석이 그의 편을 들어줬다.

"진성아. 민허 말대로 하자."

"엑?! 진짜로?"

"그래."

"하아, 미치겠네!"

거칠게 자신의 머리를 박박 긁어대기 시작했다. 감독의 말을 어기면서까지 위험 부담을 감수해야 하다니. 그렇게 하다가 지기라도 하면 감당하기 힘든 후폭풍이 밀려올 것이다.

민허를 믿느냐 마느냐. 그 싸움이었다.

그때, 민허가 이런 말을 들려줬다.

"그러고 보니 이번 주 주말에 민아가 한 번 더 놀러온다고 하던데."

"미, 민아 씨가?!"

"고생했다고 우리 셋한테 식사라도 대접하고 싶대. 오라고 할까, 말라고 할까 고민되네."

떠보기였다.

보석은 민허가 민아를 구실로 삼아 일부러 진성을 꼬드기고 있다는 것을 알아차렸다.

한편, 윤민아라는 여자에게 한눈에 반한 진성에겐 민허가 던진 먹잇감이 너무나도 탐났다.

미끼라는 걸 알면서도 낚여줄 수밖에 없을 만큼 매력적이었다.

"보석 형! 민허 말대로 하자! 우리가 민허를 안 믿어주면 누가 믿겠어! 안 그래?!"

'본능에 충실한 녀석.'

어쩔 수 없다는 듯이 혀를 차는 보석. 결국 진성은 민허의 말에 넘어가고 말았다.

*　　　　　*　　　　　*

첫 번째 전장으로 확정된 맵은 세리오의 유적.

낡은 건물들이 여기저기 배치되어 있는 형태의 전장이었다.

매복 지역이 많으며, 건물을 이용한 융통성 있는 플레이가 이곳의 키포인트 중 하나였다.

System: 곧 대전이 시작됩니다.

System: 3, 2, 1… Fight!

경기 시작을 알리는 시스템 보이스와 함께 전장으로 소환된 선수들.

"진성이 형. 아까 했던 말, 기억하지?"

"그래, 짜식아. 걱정 마라."

"그럼 형만 믿을게."

호흡을 가다듬은 뒤 빠르게 진격하기 시작하는 민허의 캐릭터, 라울.

우선은 상대방의 위치가 어디 있는지부터 확인하는 게 수순이었다.

그건 TK3 선수들도 마찬가지였다.

TK3팀 A 리그 선수들 중에서도 가장 풍부한 경험을 지니고 있는 구환영 선수가 팀원들에게 지시했다.

"아까 감독님한테 들은 거, 기억하지?"

"예!"

"강민허만 노려라, 그거죠?"

ESA가 보여준 플레이 스타일을 살펴보면 강민허가 단독으로 움직이고 남은 두 명이 한 조로 움직이는 형태를 많이 취했다.

민허가 이 감독에게 화장실에서 들려준 말을 유추한다면, 이번에도 그렇게 나올 가능성이 컸다.

단독으로 움직일 강민허를 3 대 1 구도로 이끌어 먼저 그를 아웃시킨다. 그것만으로도 TK3 쪽으로 승기가 확 기울어질 것이다.

"오빠들, 저쪽에!"

소지나 선수가 구환영과 류성에게 라울의 흔적을 보고했다.

"감독님이 말씀하신 대로 혼자야!"

절호의 찬스였다.

단독으로 행동하는 민허를 노리듯 빠르게 그를 따라잡는 이들.

3 대 1 구도가 될지도 모른다는 위기감 때문일까 민허가 장소를 뜨기 시작했다.

"도망치는 건 겁나 빠르네!"

사냥꾼 클래스인 류성이 욕지거리를 내뱉었다.

그때, 구환영이 류성에게 외쳤다.

"성아! 나하고 지나가 구석으로 몰아붙였다! 너도 빨리 합류해!"

"네!"

조금만 더!

강민허만 잡으면 첫 번째 경기는 무조건 이들의 승리다!

'ESA, 생각보다 별거 아니네.'

류성의 손놀림이 한층 가벼워졌다.

저 코너만 돌면 동료들이 민허를 구석에 몰아붙이는 장면이 모니터 화면에 새겨질 것이다.

하나 그 순간!

푸욱!

"어……?"

류성의 입에서 작은 탄식이 새어 나왔다. 동시에 모니터가 회색으로 물들었다.

류성의 몸을 관통한 한 자루의 롱소드.

"ESA는 민허 원 맨 팀이 아니라고!"

진성의 주 무기, 가르시아의 신념이 류성의 캐릭터를 관통했다.

"어, 어째서?!"

너무 놀란 나머지 새된 비명을 지르는 류성.

의외의 캐릭터가 튀어나와 그를 암살했으니, 이런 반응을 보이는 것도 당연했다.

분명 민허는 단독으로 움직인다 들었다. 그건 이 감독에게 직접 들어 의심할 여지가 없었다.

그런데 뭘까. 지금 보고 있는 경기 양상은 완전 딴판이었다.

푸슉!

검을 빼 든 진성의 캐릭터가 다시금 건물 안으로 모습을 감쳤다.

류성의 아웃 소식이 시스템 메시지 창에 새겨지자 놀란 팀원들이 그를 응시했다.

"뭐야, 무슨 일이 벌어진 거야?!"

"그, 그게……."

말을 이어가려던 찰나였다.

갑자기 소지나의 입에서 단발의 비명 소리가 튀어나왔다.

"꺄악!"

"또 왜 그래?!"

"오, 오빠! 왼쪽 보세요, 왼쪽!"·

"왼쪽에 뭐가……."

시야를 돌려 왼쪽을 확인하는 순간, 구환영이 자신도 모르게 침을 꿀꺽 삼켰다.

"이건……!!"

한보석의 캐릭터가 그에게 큰 기술을 날렸다.

플레임 스트라이크!

공격 마법 중에서도 최상위 대미지를 자랑하는 마법 부류 중 하나였다. 단점이 있다면 캐스팅에 시간이 오래 걸린다는 점이었다.

아무리 못해도 5초 이상의 시간을 필요로 하는 마법이었다. 그런데 마치 구환영을 기다리고 있었다는 듯이 마법은 곧장 발동되었다.

그 말인즉슨.

'설마… 라울이 일부러 우리를 유인한 건가?!'

라울 한 명만 없애면 된다! 이 생각으로 정신없이 그의 뒤를 따라잡았던 이들.

민허를 구석으로 몰아세웠다 생각했지만, 오히려 위기에 몰린 건 민허가 아닌 TK3였다.

일행들과 뒤쳐졌을 때 류성을 암살하고, 다른 쪽에 정신이 팔렸을 때 보석이 강력한 일격을 날렸다.

철저하게 짜인 시나리오였다.

콰과과과광!!!

"환영 오빠!!"

결국 마법을 정통으로 맞은 구환영. 그의 캐릭터가 크게 휘청거렸다.

하필이면 환영의 캐릭터는 화염 내성이 없었다. 덕분에 대미지도 꽤나 크게 들어갔다.

이 기회를 민허가 놓칠 리 없었다.

곧장 앞쪽으로 파고든 민허가 마무리 일격을 가하자, 류성의 뒤를 이어 구환영 역시 아웃 선언을 당하고 말았다.

이로서 남은 사람은 소지나, 한 명뿐.

마법사 겸 힐러 포지션을 담당하고 있는 그녀가 혼자서 세 명을 감당해 낼 수는 없었다.

결국 그녀의 아웃을 끝으로, 시스템 보이스가 ESA의 승리를 알렸다.

*　　　*　　　*

　"……"

　"……"

　"……"

　두 번째 경기가 시작되기 전. TK3 부스 안에 정적이 감돌았다.

　믿기 힘든 일이 벌어진 것이었다.

　잠시 쉬는 시간을 틈타 부스 안으로 들어온 이민호 감독. 그역시 어안이 벙벙했다.

　"자자, 다들 멘탈 잡아라! 아직 경기 끝난 거 아니야!"

　"그렇지만 감독님. 아까 그거……."

　이 감독이 알려준 것과 정반대의 결과가 나왔다.

　강민허만 아웃시키면 이들이 무난히 승리할 수 있을 것이다. 그러나 강민허만 쫓다가 경기를 그르치게 되었다.

　그렇다고 이대로 민허를 가만히 놔둘 수는 없었다.

　"두 번째도 같은 전략으로 간다. 알겠지?"

　"정말로요?!"

　"안 통할 거 같은데요……."

　류성과 지나가 소심한 반론을 가했다. 그러나 이 감독 역시고집이 있었다.

　"어쩌면 두 번째 경기에선 정말로 강민허, 혼자서 단독 플레이를 할지도 모르니까. 괜히 첫 번째 경기 때문에 본래 하려던 거 휘둘리게 하지 말고 소신껏 가자. 오케이?"

이 감독의 말에 구환영도 힘을 실어줬다.

"감독님 말씀이 맞다. 방금은 그냥 녀석들이 얻어 걸려서 그랬을지도 몰라. 멘탈 잡고 감독님 시키는 대로 해보자."

"알았어요, 오빠."

"네."

마지못해 대답하는 선수들. 이성적으로는 이 감독의 작전에 따르기로 합의를 봤지만, 본능은 위험할지도 모른다는 경고를 들려주고 있었다.

선수들을 격려한 이후 부스를 나온 이 감독.

그의 시선이 ESA 부스 쪽으로 향했다.

어쩌면. 정말 어쩌면 이런 일이 있을 수 있다.

강민허. 그가 일부러 이 감독에게 자신들의 전략을 은근슬쩍 흘리고, 그것을 역이용해서 첫 번째 경기를 잘 풀어나갔을지도.

'설마… 아니, 그럴 리가 없어.'

고개를 절레절레 흔들며 그 생각을 부정했다.

민허는 이제 막 데뷔해 공식전 경기를 채 10경기도 가지지 않은 신인 중에서도 신인이었다.

비록 트라이얼 파이트 7 세계 챔피언 경력을 가지고 있다 하더라도 이런 식의 경기는 치러본 적이 없을 터.

그런 민허가 이런 심리전을 건다? 상식적으로 납득하기 어려웠다.

더 나아가 이 감독은 고작 신인 따위에게 자신이 이용당했다는 사실을 인정하고 싶지 않았다.

그도 자존심이 있는 남자였다.

'그래. 그저 우연이었겠지.'

스스로 자기 위로를 하는 이 감독이었으나, 이 생각이 얼마나 위험한 것인지 이때까지도 알아차리지 못했다.

＊　　　＊　　　＊

두 번째 세트.

"이번에야말로 녀석은 혼자서 움직일 거다. 아까처럼 그대로 가자!"

"예!"

구환영을 따라 같이 행동하는 두 선수들.

때마침 눈앞에 민허의 라울이 포착되었다.

"환영 오빠! 저기 앞에 있어!"

"잘했다, 지나야! 좋아, 가자!"

"응!"

전사 클래스의 구환영이 앞서 나아갔다. 그 뒤를 류성과 소지나가 따라붙었다.

이들의 모습을 본 민허가 다시 자리를 떴다. 첫 번째 세트와 같은 양상이었다.

유적지 엄폐물 곳곳을 누비며 도망치는 민허의 플레이에 환영이 짜증을 내뱉었다.

"겁나 잘 도망 다니네, 저 녀석!"

세 명 단위로 움직이고 있었기에 단독으로 움직이는 민허를 따라잡기는 여간 쉬운 일이 아니었다.

게다가 맵 자체도 거대한 구조물들이 놓여 있는 복잡한 곳이었다. 도망치기엔 딱 좋은 환경이었다.

'이대로 가면 안 되겠어. 조치를 취해야⋯⋯.'

머릿속을 굴리기 시작하던 구환영이 결국 칼을 뽑아 들었다.

"성아, 네가 왼쪽으로 돌아가라. 그리고 지나야, 넌 오른쪽 골목길로 가!"

"여기서 나눠지는 겁니까?!"

"그래! 위험해도 저 녀석을 먼저 잡는 게 우선이다! 알고 있지?"

"네!"

환영이 지시한 대로 각각 반대 방향으로 흩어지는 TK3 선수들.

구환영은 그대로 민허의 뒤를 쫓았다.

양쪽으로 나눠지는 길목에 마주 선 민허가 잠시 뜸을 들이더니 이대로 왼쪽으로 향했다.

'좋았어! 저쪽은 성이가 있어!'

앞에는 류성이, 그리고 뒤에는 쫓아오던 구환영이 있다. 그렇게 하면 민허를 양쪽에서 포위할 수 있었다.

하나 그건 환영의 착각이었다.

"헉……!"

류성의 입에서 외마디 비명이 새어 나왔다.

무슨 일인지 묻기도 전에 시스템 메시지 창에 문구가 새겨졌다.

System: [TK3]류성 님이 아웃당했습니다.

"뭐……?"

그의 아웃 메시지를 본 구환영이 자신의 눈을 의심했다. 그러는 동안, 또 다른 메시지가 도착했다.

System: [TK3]소지나 님이 아웃당했습니다.

소지나조차 아웃 선언을 당해 버린 것이었다.

"어떻게 된 일이야?!"

"그, 그게……."

"갑자기 세 녀석이 튀어나왔어요!"

"저, 저도요!"

3 대 1 구도를 만들어 한 명을 먼저 아웃시킨다. 그 전략을 ESA 팀이 역으로 사용했다.

팀원들을 나뉘게끔 하지 말았어야 했다. 처음부터 끝까지 세 명이 뭉쳐서 이동했어야 했으나, 다급한 나머지 세 방향 포위를 지시하게 되었다. 그리고 그 결과, 각개격파를 당하고 말았다.

"젠장!!!"

손에 절로 힘이 들어갔다. 분노라는 감정이 용솟음쳤으나 아직은 시합 도중이었다. 감정을 표출하기에는 아직 일렀다.

코너를 돌자, 구환영을 기다리고 있었다는 듯이 당당하게 마주선 세 명의 ESA 팀원들.

한가운데에 선 라울 캐릭터가 오른손을 까딱이며 도발 모션을 취했다.

그 때문일까. 간신히 지켜오던 이성의 끈이 결국 뚝! 하고 끊어졌다.

"네놈만은 아웃시키겠다!!"

미친 듯이 달려드는 구환영이었으나 이미 게임의 승패는 갈린 지 오래였다.

민허가 정면에서 그의 공격을 받아주는 동안 진성과 보석이 빈틈을 노려 주기적으로 딜을 넣었다.

누적된 딜량을 버티지 못하고 결국 그마저도 아웃당했다.

순식간에 벌어진 스코어, 2 대 0.

구환영의 손이 바들바들 떨렸다.

*　　　　*　　　　*

"감독님. 민허 녀석, 저희가 짜준 작전대로 안 하는데요?"

"그러게 말이다."

대기실에서 경기 현황을 지켜보던 오진석 코치의 일침에 허태균 감독이 쓴웃음을 머금었다.

민허 의존도가 높긴 하지만 이들에게도 작전은 있었다.

상대 팀에서 민허만 노릴 테니 민허는 최대한 단독 플레이를 자제하라. 그게 코치진의 지시였다. 그러나 민허는 이런 작전은 싸그리 무시하고 혼자서 돌아다니기 시작했다.

아니, 초반까지만 그랬다.

중반부터는 진성과 보석이 잠복해 있는 구간으로 이들을 유인해 각개격파식으로 무찌르더니, 결국 2 대 0이라는 스코어까지 만들어냈다.

라울 스코어였다.

"오묘한 기분이네."

"뭐가요?"

"녀석들을 혼내야 할지, 말아야 할지."

"하긴, 그렇죠."

오 코치 역시 고개를 끄덕이며 허 감독의 말에 공감을 표했다.

경기는 이기고 있었다. 그러나 그 과정이 문제였다.

코치진과 머리를 맞대며 세운 작전을 본 경기에서 전혀 써먹지 않았으니. 명령 불복종이기도 했다.

그러나 허 감독은 딱히 크게 신경 쓰지 않기로 했다.

전략이라는 건 그저 기본 플랜과 마찬가지. 때에 따라선 융통성 있게 수정할 수 있어야 한다.

그것이 허 감독이 생각하는 전략의 의미였다.

그런 걸로 따지자면, 저들의 행동은 허 감독이 의도하는 것에 충실히 부합했다.

"강민허. 녀석, 어쩌면 정말로 대형 사고 한 번 제대로 칠지도 모르겠어."

허 감독의 눈빛에 기대감이 어렸다.

*   *   *

마지막 경기가 될지도 모르는 3세트.

여기서 지면 탈락이다! 그 생각 때문일까. TK3 선수들의 표정이 잔뜩 굳었다.

쉬는 시간을 틈타 이 감독이 부담 가지지 말고 본연의 플레이를 하라 격려했지만, 이제는 그 말조차 제대로 통하지 않았다.

이들의 현재 심리 상태를 재빨리 꿰뚫은 민허가 다른 작전을 펼쳤다.

"형들, 복잡하게 생각할 거 없이 정면 대결로 가자."

"엑?! 그래도 돼?"

"지금이라면 괜찮을 거야, 아니, 괜찮아. 그러니까 내 말대로 하자."

민허 덕분에 여기까지 오게 되었다. 그를 아니꼽게 보던 성진성도 더 이상 토를 달 수 없었다.

"좋아, 가자!"

구구절절한 속임수 따윈 없었다.

정면 대결을 걸어오는 ESA 팀. 그 기세에 밀린 탓일까. TK3 선수들의 어깨가 크게 움찔했다.

'이번에도 무슨 꿍꿍이 있는 거 아니야?!'

이런 의심이 절로 들었다. 그러나 민허의 말대로 자잘한 작전은 없었다.

말 그대로 정면 대결. 머릿속이 뒤숭숭해진 덕분일까. TK3 선수들은 평소의 실력의 반도 제대로 발휘할 수 없었다.

수세에 몰리더니 민허의 강력한 일격으로 구환영이 큰 대미지를 입고 말았다.

최전선이 무너지기 시작하면 후방 진영에게도 악영향이 미친다.

"개 같은 놈들!!"

석궁으로 무차별 난사를 선보이는 류성이었지만, 민허를 막기엔 턱없이 부족했다.

속절없이 쓰러져 가는 동료들. 정면 대결은 TK3도 지지 않을 실력을 지니고 있었지만, 이미 앞선 두 경기 덕분에 잔뜩 위축된 상황이었기에 본실력이 나오지 못했다.

"이럴 수가!! ESA가 TK3를 상대로 압승했습니다!!"

"세트 스코어 3 대 0! 이게 말이 됩니까?!"

"믿을 수 없는 일이 벌어졌습니다!"

민영전 캐스터와 하태영 해설자가 자리에서 벌떡 일어나 소리쳤다.

오히려 첫 번째, 두 번째 세트보다도 훨씬 더 손쉽게 따낸 세 번째 세트.

결과는 ESA의 완벽한 승리였다.

제9장
결승으로 향하는 길

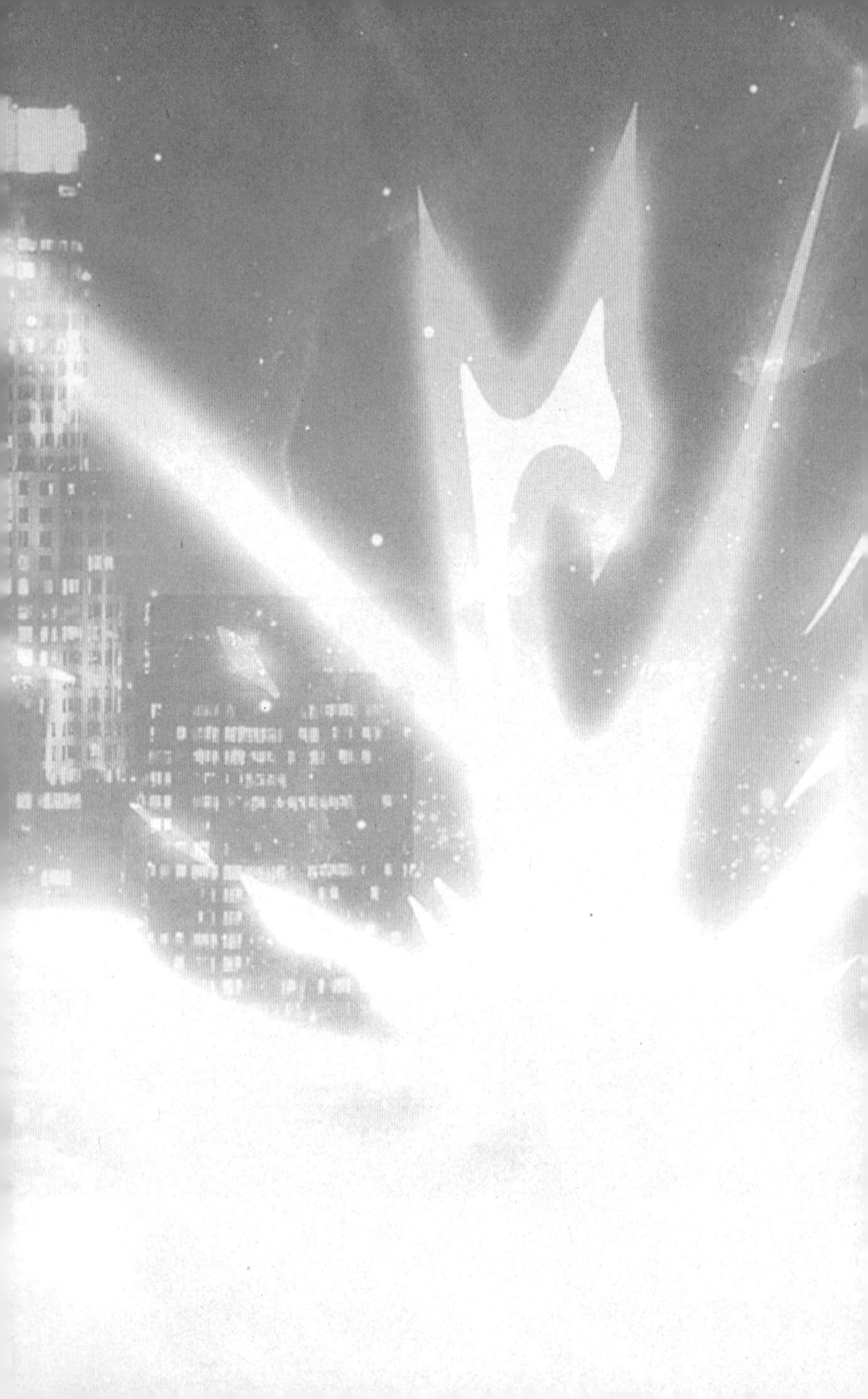

플레이오프 진출!

지금까지 ESA 팀이 창단되고 난 이후 정규 리그를 통틀어 최고의 성적이라 할 수 있었다.

R 리그가 아니라 하더라도 아무럼 어떠랴. A 리그 역시 엄연한 정규 리그 중 하나였다.

"이야! 오랜만에 스폰서 측한테 좋은 말만 듣고 왔네!"

잠시 자리를 비웠던 허 감독이 환한 미소로 돌아왔다.

매번 모진 대접만 받던 그였으나, 오늘은 달랐다.

"이대로 R 리그에서도 좋은 성적 나온다면 계약 연장은 따놓은 당상이야!"

"오, 좋은 소식이네요."

오진석 코치도 허 감독의 말에 기쁨을 드러냈다.

A 리그에서 좋은 성적을 내긴 했지만, 역시 메인은 R 리그와 개인 리그였다.

"그러고 보니 이제 슬슬 접수받으려나?"

"예. 그럴 거 같네요."

다음 주부터 개인 리그 참가 신청 기간에 들어간다.

"애들한테 잊지 말고 신청해 두라고 해."

"알겠습니다."

개인 리그는 R 리그, A 리그 이런 식으로 나뉘어져 있지 않았다.

순수하게 개인의 기량을 평가받는 방식이었기에 참가 신청자에 2군으로 뛰는 프로게이머도 꽤 이름을 많이 올리는 추세였다.

물론 ESA도 마찬가지였다.

민허를 비롯해서 보석, 그리고 진성도 참가 신청을 할 것이다.

넥타이를 풀며 의자에 털썩 주저앉은 허 감독이 오 코치에게 물었다.

"애들은?"

"주방에서 밥 먹고 있습니다."

"밥? 점심시간 아니잖아."

"민허 여동생분 왔거든요."

"아, 그렇군."

허 감독도 사전에 민아가 숙소를 방문해 저번처럼 맛있는 요리를 선수들에게 대접할 거란 소식을 들었었다.

워낙 바쁜 스케줄을 소화해야 하는 덕분에 그게 오늘이라는 걸 잠시 깜빡했을 뿐.

"강민허라……."

의자에 몸을 묻은 허 감독이 몇 달 전, 이성현 감독과 나눴던 이야기를 떠올렸다.

'민허, 그 녀석. 보육원 때문에라도 돈이 필요한 놈이야. 그러니까 네가 잘 좀 보살펴 줘라.'

"……."

강민허가 보육원 출신이란 사실을 아는 이는 ESA 숙소 내에서도 허 감독이 유일했다.

본인은 보육원에 대해 이야기하는 걸 별로 좋아하지 않았다. 그래서 허 감독 역시 일부러 이 사실을 감추고 있었다.

선수들의 프라이버시를 보장해 줘야 하는 것도 감독이 해야할 일이었다. 경기에 치명적인 영향을 끼치는 것도 아니었기에 함구하는 건 당연했다.

'알다가도 모를 녀석이란 말이야.'

불우한 환경에도 불구하고 그런 천부적인 재능을 지닌 게이머가 탄생할 줄이야.

전례가 없던 일은 아니었다. 그러나 흔한 케이스 역시 아니었다.

'참 재미있는 놈이라니까.'

자신이 데리고 있는 선수임에도 불구하고 강민허는 매우 흥미진진한 존재였다.

＊　　　＊　　　＊

　"그럼 나 갈게, 오빠."

　"조심해서 가라."

　문 앞까지 배웅 나온 민허가 가볍게 손을 흔들었다.

　그 모습을 지켜보던 민아의 입술이 삐쭉 튀어나왔다.

　"좀 더 바래다주면 안 돼?"

　"아직 저녁도 아니잖아. 그리고 정류장까지 얼마나 된다고."

　"쳇. 나도 상냥한 오빠 가지고 싶다."

　"세상에 그런 오빠가 어디 있냐."

　"그치만 숙소 분들은 다 나한테 친절하던데. 특히 그… 진성 씨? 그분이 특히."

　"그거야… 아니, 됐다."

　진성이 왜 민아에게 그토록 친절하게 구는지 구태여 알아볼 필요도 없었다.

　뻔했으니까.

　진성은 민아에게 첫눈에 반했다. 아마 이건 ESA 선수들 대부분이 알고 있을 것이다.

　그러나 정작 당사자인 민아는 눈치채지 못했다.

　"뭔데. 왜 말하다가 중간에 끊어?"

"빨리 가기나 해. 애들도 봐줘야 하잖아."

"어휴. 알았어, 알았다고. 가면 되잖아."

마지못해 걸음을 옮기던 민아가 뒤를 돌아봤다.

"플레이오프도 힘내, 오빠."

"그래, 고맙다."

나이트메어와의 플레이오프. 그 경기에서 승리를 거두는 팀이 결승전에 올라가 현존 최강의 팀, 이레이저 나인과 맞붙게 된다.

이레이저 나인도 강하지만 나이트메어 역시 강팀 라인에 주기적으로 거론될 정도로 전력이 막강하다.

산 너머 산이었다.

덕분에 민허의 머릿속도 복잡했다.

'나이트메어라.'

민아를 배웅해 주고 다시 숙소로 돌아온 민허. 자리에 앉자마자 보석과 진성에게 레이드 참가 여부를 물었다.

"형들, 레이드 갈 거지?"

"어, 가야지. 근데 힐러 새로 구해야 될 텐데."

"힐러? 예나 있잖아."

"그게 말이다."

보석이 잠시 대답을 망설일 때, 진성이 그의 말을 가로챘다.

"당분간 우리랑 같이 파티 못 한다고 하더라."

"왜?"

"왜긴. 플레이오프 상대가 누군지 너도 알잖아?"

나이트메어. 서예나가 소속되어 있는 구단이었다.

"그래도 예나는 A 리그에 안 나오잖아."

"안 나온다 해도 중요한 경기를 앞두고 있는 상황이니까 웬만하면 타 팀과 자주 어울리는 건 자제해야지. 괜히 정보라도 내어주면 큰일이니까."

"철저하네."

그 철저함이 강함의 비결일지도 몰랐다.

덕분에 새로운 힐러를 구해야 할 판이었다.

"아, 그리고 준플레이오프 때 예나도 관람 온다고 하더라. 오프에서 처음 만나는 거니까 그때 서로 인사라도 나눠."

"기분 내키면."

R 리그에서 뛰고 있음에도 불구하고 일부러 A 리그 경기를 보러 스타디움까지 찾아오는 예나.

그녀가 직관을 고집한 이유가 본인 팀의 경기 때문일까. 아니면 강민허 때문일까.

그건 당사자만이 알 것이다.

*　　　　*　　　　*

플레이오프 경기를 하루 앞둔 상황에서 민허는 온종일 장비 세팅에 몰두해 있었다.

[고르아 너클(레어)]

[공격력 +75]

[힘 +3]

[민첩 +2]

[스태미나 +20]

'어쩐다.'

라울이 현재 착용하고 있는 무기였다.

등급도 레어밖에 되지 않고, 게다가 특수 옵션도 없었다.

'이럴 줄 알았으면 파밍 좀 해둘걸.'

무기도 그렇지만, 아직 원하는 템도 다 얻지 못했다.

블랙 크랩을 통해 얻은 아칸의 벨트, 딱 하나만 마음에 들을 뿐. 나머지 템들은 좀 더 보완이 필요했다.

MMORPG라는 게 본래 그런 거 아니겠는가. 자신의 원하는 템이 바로바로 나오는 경우는 좀처럼 찾아보기 힘들다.

'여유가 좀 있었더라면 좋았을 텐데.'

파밍에 대한 아쉬움이 남지만 그래도 어쩔 수 없었다. 그렇다고 경기를 뒤로 미루자고 할 수도 없는 노릇이니 말이다.

있는 장비로 최선의 세팅을 하는 수밖에.

'결승전까진 하다못해 무기라도 갖춰야겠어.'

A 리그를 치르는 동안 민허는 대미지에 대한 강한 불만을 가지고 있었다.

그야 5레벨밖에 되지 않기에 대미지가 잘 안 박힐 수밖에 없었다. 이것은 민허가 자초한 일이나 다름이 없었다.

부족한 건 아이템 세팅으로 보완할 수 있다.

템을 어떻게 조합해 세팅하느냐에 따라 쪼렙이라 하더라도 폭발적인 딜이 나오게끔 만드는 것도 가능했다.

게다가 PvP의 경우에는 레벨, 대미지 보정도 받기 때문에 아직까진 힘들거나 큰 어려움을 느끼진 않았다.

그저 딜 욕심에 따른 불만만 있을 뿐.

늦은 시간까지 아이템 세팅 때문에 고민에 고민을 거듭하던 민허. 그의 시야에 알림창 하나가 포착되었다.

System: 레이리 님이 접속하셨습니다.

레이리. 이화영 아나운서의 닉네임이었다.

현재 시간, 새벽 2시였다.

'이 늦은 시간에?'

해킹범이 아닐까. 혹시나 해서 말을 걸어보기로 했다.

라울: 안녕하세요, 화영 씨.

채팅을 보냄과 동시에 답장이 왔다.

레이리: 어? 민허 씨! 늦은 시간까지 뭐 하세요? 경기 있잖아요.

라울: 그냥 잠이 안 와서요. 화영 씨는요? 원래 이 시간에 접

속 잘 안 하셨잖아요.

레이리: 친구랑 약속 있어서 바깥에 있다가 들어왔는데, 일일 퀘 한다는 걸 깜빡해서요.

라울: 그렇군요.

이벤트로 한창 진행되고 있는 진주 수집 퀘스트. 보상이 꽤 짭짤하기에 웬만하면 해두는 게 좋았다.

화영도 로인 이스 온라인에 몸을 담고 있는 사람 중 한 명이었다. 애초에 게임에 대한 열정도 있었기에 아무리 바쁜 일이 있다 하더라도 일일 퀘스트 정도는 깨두려는 습관을 지니고 있었다.

레이리: 근데 시간대가 시간대인지라 파티 매칭이 잘 안 되네요. 혼자 돌기는 힘들던데…….

라울: 그럼 저랑 같이 갈래요?

레이리: 네? 바쁘지 않으세요?

라울: 괜찮습니다. 간단한 손 풀기 정도는 필요하니까요.

레이리: 그럼 제가 파티 초대할게요. 채팅 말고 보이스톡이 편하시죠?

라울: 네.

화영의 일일 퀘스트만 도와주고 잠들면 딱일 듯했다.

본래 이벤트 한정 퀘스트는 4인 던전이지만, 고룡의 탑을 혼자서 단시간 내에 클리어할 실력을 지닌 민허라면 2인으로 입장해도 충분히 클리어 가능할 터였다.

화영도 민허의 실력을 잘 알기에 4인이 아닌 2인 설정으로 파티를 만들었다.

던전에 입장하자마자 리자드맨들이 두 사람에게 덤벼들었다.

"화영 씨는 뒤에서 버프하고 힐만 걸어주세요."

—네!

어차피 화영은 딜이 아닌 서포터 위주의 캐릭터였다. 괜히 앞에서 어물거리다가 죽는 것보다 뒤에서 민허의 서포트를 해주는 게 훨씬 더 도움이 되었다.

쪼렙인 민허가 전면에, 만렙인 화영이 후방에.

참으로 기묘한 광경이었다.

타악! 팍!

민허의 주먹이 휘둘러질 때마다 리자드맨이 무차별하게 나가 떨어졌다.

부하 몹들을 상대하는 것은 그리 어렵지 않았다. 문제가 있다면 보스였다.

[해변의 크로커다일]
[Lv: 90]
[HP: 35,000]
[야수 타입]

[대형 몬스터]

[수속성]

[해안가의 지배자. 인간 사냥꾼이라 불리며 수많은 모험가들의 공포의 대상으로 군림한 악랄한 야수 몬스터.]

'문제는 저 녀석이지.'

두 발로 우뚝 선 거대한 악어가 삼지창 끝을 민허와 화영에게 겨눴다.

잡몹들은 애초에 민허의 상대가 될 수 없었다. 하나 해변의 크로커다일은 제아무리 민허라 하더라도 상대하기 까다로운 보스몹 중 하나였다.

크와아아아앙!!

맹렬한 기세를 뿜내며 덤벼드는 보스몹. 삼지창이 정확히 라울을 노렸다.

타닥! 타닥! 탁!

키보드와 마우스를 이용해 재빠른 회피를 선보였다.

그 뒤, 빈틈을 노려 옆구리에 큰 거 한 방을 먹여줬다.

빠아악!!!

둔탁한 소리와 함께 크로커다일의 몸이 크게 휘청거렸다.

"화영 씨, 스턴기 걸어주세요!"

―네!

무게중심을 잃는 모션이 나왔을 때 스턴기를 먹이면 100% 확률로 성공한다.

민허의 PVE 솜씨는 피지컬도 있지만, 던전 공략 지식도 단단히 한몫했다.

화영의 스턴 기술이 작렬하자, 크로커다일 머리 위에 별 세 개가 빙빙 회전했다. 그 기회를 노려 폭딜을 가했다.

화영이 준 버프 덕분에 딜도 훨씬 수월하게 들어갔다. 같은 패턴을 반복하자 크로커다일의 HP가 거의 바닥을 기었다.

그 순간, 크로커다일의 몸이 파란색으로 빛나기 시작했다.

물리 공격 무효 패턴이었다.

패턴을 보자마자 민허가 목소리를 높였다.

"혹시 목속성 마법 있나요?"

─네!

"그것만 계속 써서 공격하세요. 그러면 마무리될 거예요."

─알았어요.

물리 무효 패턴이 나오면 끝날 때까지 시간을 벌었다가 쓰러뜨리면 된다. 그러나 기다리기엔 시간이 아까웠기에 화영에게 목속성 공격 마법을 지시했다.

목속성은 수속성 몬스터에게 카운터가 되기 때문이었다.

마무리를 담당하게 된 화영의 활약 덕분에 시간 낭비 없이 바로 크로커다일을 쓰러뜨리는 데에 성공했다.

"나이스 플레이였습니다, 화영 씨."

─아니에요. 민허 씨가 다 차린 밥상에 숟가락만 얹은 건데요, 뭘. 아! 민허 씨. 너클 무기 나왔어요.

"오, 그래요?"

파이터 전용 무기인 너클 아이템이 드롭되었다.

그것을 본 순간, 민허의 눈이 반짝였다.

[크로커다일의 가죽 너클(유니크)]

[공격력 +95]

[힘 +6]

[체력 +30]

[방어 +75]

[야수 타입 몬스터에게 추가 대미지 +5%. 공격 시 일정 확률로 수속성 추가 대미지 발동.]

기존의 무기보다 대미지도, 스탯도 높고 특수 옵션까지 붙어 있었다.

'이거, 쓸 만하겠는데?'

횡재였다.

예상치 못한 득템을 하게 된 민허.

그의 입가에 절로 미소가 번졌다.

민허의 낌새를 눈치챈 걸까. 화영이 말을 걸어왔다.

─좋은 템이라도 나오셨나 보네요.

"네. 원하는 템까진 아니었지만, 그래도 제가 지금 착용하고 있는 장비보다는 좋은 거 같네요. 플레이오프에 들고 나가도 괜찮을 정도예요."

─어머, 정말요? 제 퀘스트한답시고 괜히 민허 씨 시간 빼앗

은 건 아닐까 생각했었는데 그래도 얻은 게 있으니 다행이에요.

"이게 다 화영 씨 덕분입니다."

─제 덕분이라니요. 민허 씨 운이 좋은 거죠. 플레이오프에도 그 운이 계속 이어졌으면 좋겠어요.

어찌 마음씨도 이리 착할까. 진심으로 담아 민허를 응원하는 그녀였다.

화영도 아나운서 이전에 로인 이스 온라인을 좋아하는 게임 팬 중 한 명이었다. 팬으로서 민허의 경기를 볼 때마다 재미를 느끼곤 했다. 그 마음이 자연스럽게 응원으로 바뀌었다.

─나중에 리그 끝나면 제가 맛있는 거라도 사드릴게요.

"정말입니까? 저, 이런 거 바로 거절하지 않는 사람입니다만."

─잘 알고 있죠. 안 그래도 민허 씨한테 많이 고마워하고 있었어요. 저번에 민허 씨 덕분에 프로그램 시청률이 많이 올라갔거든요. 거의 도백필 선수가 출연했을 때 급으로 올라왔어요.

"그렇다면야 다행이군요."

밥도 얻어먹고, 화영도 다시 만날 수 있고. 이거야말로 일석이조 아니겠는가.

미인이 먼저 식사를 대접하겠다는데 거절할 이유는 없었다.

─그럼 일자는 어떻게 할까요?

"21일로 하죠."

—결승 끝난 다음 날인데 괜찮아요?

"네. 그때 우승 트로피 구경시켜 드릴게요."

—어머, 기대할게요.

이미 민허의 머릿속은 결승 무대까지 다 계산되어 있었다.

물론 오늘의 득템은 그 계산에서 플러스되는 요소로 작용할 것이다.

*　　　　*　　　　*

오전 10시.

나이트메어와의 플레이오프는 오후 6시에 시작될 예정이었다.

아직 시간이 많이 남았다고는 하나, 식사라든지 메이크업, 기타 리허설 등 사전에 준비해야 할 게 많이 남아 있었다.

특하나 오늘 펼쳐질 경기는 평소에 벌이던 평범한 경기가 아닌 플레이오프.

남은 결승 진출 티켓 한 장을 걸고 대결을 펼쳐야 했기에 여러모로 신경 써야 할 게 한두 가지가 아니었다.

"플레이오프도 이렇게 바쁜데, 결승전은 얼마나 바쁠까."

점심 식사를 마치고 곧장 TGP 스타디움으로 향하는 차 안에서 한마디를 툭 던진 한보석이었다.

운전을 도맡게 된 오진석 코치가 날카로운 일침을 날렸다.

"그건 결승전에 진출하고 나서 생각해라."

"하긴, 그렇겠네요."

당연한 말이었다.

김칫국부터 마시는 건 강민허, 한 명만으로 충분했다.

이어폰을 꽂은 채 음악을 감상하며 조용히 눈을 감은 강민허. 자는 것처럼 보이지만, 그의 뇌세포들은 끊임없이 활동 중이었다.

'나이트메어라.'

출전 명단은 이미 받아 봤다.

정대준 선수와 김형단 선수, 마지막으로 제리슨 선수까지.

다른 팀에서 보기 힘든 외국인 용병을 나이트메어에선 A 리그에서 적극적으로 기용하고 있었다.

외국인은 출전 금지라는 조항 같은 건 없었기에 제리슨도 마음껏 출전할 수 있었다.

그러나 중요한 건 외국인의 참가 여부가 아니었다.

'주술사와 소환사, 그리고 마이스터였지.'

특이한 조합이었다.

보통은 중보병이라든지 성전사, 기사, 전사 등 탱 역할을 담당하는 근접전 클래스 하나와 후방 지원이 능통한 힐러 하나를 기용하는 게 대세였다.

그럼에도 불구하고 나이트메어는 원거리형 클래스에 전부다 올인했다.

그 말인즉슨.

'필살기가 있다는 뜻인가.'

그 덕분에 허태균 감독을 비롯해 코치진, 그리고 선수들 역시 전략을 세우는 데에 꽤나 많은 혼선을 겪을 수밖에 없었다.

조합 자체가 특이했기에 이들이 어떤 전략을 사용하려는 건지 감도 안 잡혔다.

그러나 필살기성 전략도 만능은 아니었다. 이것도 엄연히 약점은 존재했다.

초반에만 통하고, 그 이후에는 잘 통하지 않는다는 점이었다.

특히나 5전 3선승제 같은 다전제에서 필살기성 전략을 꺼내든다는 건 자살행위나 다름없었다.

나이트메어가 그걸 모를 리 없었다.

알면서도 일부러 필살기성 전략을 가지고 온다는 건 다시 말해서…….

'성공 확률이 높은 전략이란 뜻인가.'

천재 플레이어, 강민허도 감이 잘 안 잡혔다.

어차피 이래저리 유추해 봤자 가장 확실한 방법은 직접 맞붙어보는 것뿐이었다.

*　　　　*　　　　*

스타디움에 접어들자, 때마침 비슷한 타이밍에 대기실로 향하던 나이트메어 팀과 마주하게 되었다.

"허 감독! 얼굴이 쫙 폈네? 요즘 성적 잘 나와서 그런가?"

"뭐, 어쩌다 보니."

감독들끼리 서로 인사를 주고받는 동안, 나이트메어 측 선수로 보이는 젊은 여성이 보석과 진성에게 알은체를 해왔다.

"보석 오빠, 진성 오빠. 오랜만."

"예나잖아! 일찍 왔네?"

"한참 뒤에나 올 줄 알았는데. 웬일이냐?"

"그냥 오늘은 일찍 오고 싶어지더라고. 그보다……."

예나의 시선이 민허에게로 향했다.

"직접 만나는 건 처음이지? 서예나야. 이미 눈치챘겠지만."

"TV나 영상에서 자주 보긴 했는데 실물이 훨씬 더 예쁘네."

"사탕발림처럼 들리지만, 그래도 고마워."

"진심이야."

처음 얼굴을 마주함에도 불구하고 온라인상에선 워낙 많은 대화를 주고받은 덕분에 어색함은 없었다.

실제로 민허의 말마따나 서예나는 영상물이나 사진으로 접하는 것보다 실물로 보는 게 훨씬 더 예뻐 보였다.

그의 말이 빈말이 아니라는 건 보석과 진성을 포함해 그녀를 아는 사람이라면 이미 다 알고 있는 사실이었다.

잠시 인사를 나누는 동안, 오늘 경기에 참가할 정대준 선수가 조심스럽게 입을 열었다.

"예나 선배."

"아, 맞다."

이제야 정황을 눈치챈 예나가 나이트메어 A 리그 선수들을 소개했다.

"이쪽은 정대준이고 저쪽이 김형단. 그리고 여기가……."

"마이 네임 이즈 제리슨! 반가워요, 프렌즈!"

노란 머리의 남자, 제리슨이 대뜸 두 팔을 벌려 진성과 보석을 끌어안았다.

본래는 포옹 대상 범위에 민허도 포함되어 있었지만, 본능적으로 위험(?)을 감지한 민허는 일찌감치 뒤로 슬쩍 몸을 뺐다.

키는 2미터가 훌쩍 넘는 장신. 얼굴도 꽤 잘생긴 편이었다.

또렷한 이목구비는 서양인으로서의 제리슨을 증명하듯 더더욱 돋보였다.

이럴 줄 알았다는 듯이 한숨을 푹 내쉰 대준이 제리슨의 옆구리를 쿡쿡 찔렀다.

"이봐, 제이슨. 처음 보는 사람들한텐 그런 거 하지 말라고 했잖냐."

"Oh, 쏘리. 미안해요."

팔을 풀고 뒤로 한 걸음 물러섰다. 그제야 제리슨의 매서운 포옹 공격에서 풀려나게 된 보석과 진성이 썩은 표정으로 눈빛을 교환했다.

그러는 동안 예나로부터 바통을 이어받은 대준이 스스로 자신을 소개했다.

"2군 주장을 맡고 있는 정대준이라고 합니다. 서로 좋은 경기해 봅시다."

"……."

"……."

"……."

건네오는 악수를 앞둔 채 서로 침묵을 이어가는 ESA 팀 3인방.

그때, 민허와 진성이 보석에게 눈치를 줬다.

'형이 리더잖아.'

'가서 대표로 악수해.'

'그, 그랬지. 참.'

민허와 진성에 비해 존재감이 떨어져서 그런 걸까. 가끔 본인도 팀 리더라는 사실을 깜빡할 때가 있었다.

"잘 부탁드리겠습니다."

팀 리더끼리 서로 악수를 주고받는 와중에 양 팀의 감독이 선수들을 이끌었다.

"인사 끝났으면 대기실로 바로 가자. 준비해야 할 게 산더미다."

"예!"

그렇게 서로 전의를 다진 채 헤어지게 되는 두 팀.

웃는 얼굴로 인사를 건넸지만, 속으로는 오늘 경기에서 반드시 이기겠다는 투심을 날카롭게 세우고 있을 터였다.

프로게이머에게 있어서 기본적으로 내장되어 있는 마음가짐.

그것이 바로 승부욕 아니겠는가.

＊　　　＊　　　＊

오후 5시 50분.

이미 세팅을 마친 선수들은 각자만의 방식으로 긴장을 최소화시키기 위한 노력을 기울이고 있었다.

플레이오프까지 TGP 스타디움에서 경기를 펼치게 된다. 결승전은 특설 경기장에서 펼쳐질 예정이었기에 받는 무게감이 다를 터였다.

그러나 오 코치가 이야기했듯이 지금은 결승 무대보다 눈앞에 있는 경기를 더 우선으로 생각해야 했다.

여기서 지면 결승 무대에 발도 못 뻗게 될 테니 말이다.

물론 그건 민허도 마찬가지였다.

그보다 아까부터 계속해서 궁금했던 게 있었다.

'주술사, 마이스터, 소환사로 어떤 전략을 사용하려는 거지?'

아까 선수들끼리 마주쳤을 때 슬쩍 떠보기식으로 물어보려 했었으나 그런다고 대답할 이들이 아니었다.

그걸 잘 알기에 민허도 입방정 떨지 않기로 했다.

불안감. 그리고 호기심이 뒤섞였다. 그러는 동안 입장을 알리는 진행 요원의 목소리가 들려왔다.

"경기 곧 시작될 테니 방으로 들어와 주세요."

비번이 걸려 있는 방으로 입장한 뒤 심호흡을 몇 차례 내쉬었다.

이윽고 10분 정도의 시간이 지났을 때였다.

심판: 경기 시작합니다.
심판: 준비해 주세요.

플레이오프 시작을 알리는 심판의 채팅 로그가 새겨졌다.

이에 따라 선수들 역시 마우스와 키보드 위에 손을 올려놓고 마음의 준비를 다졌다.

"결승으로 향하는 마지막 티켓을 두고 펼치는 플레이오프! 나이트메어와 ESA! ESA와 나이트메어의 경기를 지금부터 만나 보시겠습니다!!!"

민영전 캐스터의 파이팅 넘치는 멘트와 함께 관객들이 우레와 같은 함성을 내뱉었다.

부스 안이 미세하게 떨릴 정도였다. 그만큼 관중들의 기대치가 하늘을 찌르고 있음을 뜻했다.

전장에 모습을 드러내는 선수들.

오늘 펼쳐질 맵은 '오스람의 성'이라는 명칭을 지닌 곳이었다.

넓은 성 내부가 이들이 경기를 펼칠 전장의 배경이었다.

다른 맵에 비해 이곳 오스람의 성은 그렇게까지 넓지 않았다.

한정적인 공간 덕분에 소규모 전투가 빈번하게 벌어지는 대표적인 맵 중 하나였다.

크기가 넓지 않기에 적 팀을 발견하는 데에도 그리 많은 시간을 소요하지 않았다.

"12시 방향이다!"

보석의 정보에 따라 민허와 진성이 곧장 마우스로 시점을 전환했다.

보석이 말한 방향 끝에 뭉쳐 있는 나이트메어 3인방.

그러나 분위기가 수상했다.

서로의 위치를 확인했음에도 불구하고 공격에 임하려는 쟈세라든지 그런 게 전혀 보이지 않았다.

'뭐지?'

'설마 우리를 눈치 못 챈 건가?'

그건 말이 안 되는 소리였다.

이렇게나 가까이 있는데 한 명도 아니고 세 명이 알아차리지 못했다는 건 그야말로 넌센스였다.

"형들, 내가 먼저 가볼게."

혹시 모르는 일이었다. 민허가 만약을 대비해 자처해서 먼저 선공을 가해보기로 했다.

조심스럽게 그들을 향해 다가가는 민허의 캐릭터, 라울.

그때였다.

김형단 선수의 캐릭터, 소환사가 갑자기 양손을 쩍 벌렸다.

캐스팅 자세였다.

'도대체 뭘 하려는 거지?'

아직까지 이들의 작전을 알아차리는 것은 힘들었다.

첫 세트는 상대방의 용태를 살피는 게 우선이었다. 필살기성 전략이 뭔지 파악하는 게 급선무였기 때문이다. 그렇기에 혼자서 적진으로 덤벼드는 건 금물이었다.

캐스팅이 끝난 모양인지 소환사 캐릭터가 난데없이 뻗었던 양손을 바닥으로 내려쳤다.

이윽고 놀라운 일이 발생했다.

우르르르르······.

꽈지직, 꽈직!

기분 나쁜 소리가 들리기 시작하더니, 이내 바닥에서 거대한 형상이 샘솟았다.

"······?"

뼈로 이뤄진 벽, 본월(Bone wall)이었다.

수많은 뼈들이 기분 나쁜 소리를 자아내며 거대한 벽을 만들어냈다.

"뭐, 뭐냐, 저건."

당황한 보석이 혼잣말을 내뱉었다. 그의 말을 받아준 건 진성이었다.

"소환사 스킬이잖아."

"그, 그거야 나도 아는데······."

문제는 왜 갑자기 벽을 만들어냈느냐였다.

높이라든지 벽의 HP, 크기 등으로 봤을 때 추측컨대 김형단 선수는 본월 스킬을 만렙까지 투자한 게 틀림없었다.

본월은 그리 좋은 스킬이 아니었다. 저렇게 기분 나쁜 형상을 하고 있다 하더라도 공격 스킬도 아닐뿐더러 그저 벽만 치는 것에 그치기 때문에 선호되는 스킬이라 부르기엔 무리가 있었다.

그런데 왜 그는 본월을 최대치까지 찍은 걸까?

아무리 생각해도 이해되지 않았다.

"……"

민허는 그저 말을 아낀 채 본월을 응시했다.

저 벽에 딜을 가해봤자 MP, 스태미나 낭비만 될 뿐이었다.

'무슨 꿍꿍이냐.'

중요한 건 저들이 분명 평범한 전략을 들고 나온 건 아니란 사실이었다.

중계진 역시 놀라움을 표출했다.

"아니, 저게 뭡니까?!"

"공식전에서 본월을 보는 건 참으로 오랜만이네요. 거의 사용하는 선수가 없는 스킬인데……. 거참 이해하기 힘든 플레이네요."

"그런데 나이트메어 선수들은 도대체 뭘 하려는 걸까요? 무조건 버티기 작전으로 가자는 뜻은 아니겠죠?"

"글쎄요. 일단 경기를 좀 보고 말씀드려야 할 거 같습니다만."

하태영 해설 위원도 쉽사리 대답을 주기 힘들었다.

한편. 관중석에 자리 잡은 서예나는 그저 말없이 중계 화면을 응시했다.

그녀는 알고 있었다.

나이트메어 A 리그 선수들이 준비한 필살의 전략을.

그러나 예나는 필살 전략이 통하고 말고에 관심이 없었다.

"어떻게 나올래? 강민허."

민허가 어떤 식으로 대처할까. 여기에 그녀의 모든 관심이 쏠려 있었다.

잠시 양손을 멈춘 민허가 당황해하는 팀원들을 진정시켰다.

"괜찮아, 형들. 어차피 본월이 유지될 수 있는 시간이 무한한 것은 아니잖아. 저거 해제되면 바로 내가 돌진해서 틈을 만들어볼게."

"그, 그래."

"조심해라. 다른 팀도 아니고 나이트메어니까 분명 뭔가 생각이 있을 거야."

"알고 있어."

진성이 굳이 이렇게까지 말 안 해줘도 충분히 인지하고 있었다.

그러는 동안 민허가 예고한 대로 본월이 유지 시간을 다한 채 우르르 무너져 내리기 시작했다.

'기회다!'

무너지는 뼛조각들 사이로 빠르게 달려들었다.

그 순간, 민허의 눈에 이질적인 것이 보였다.

마이스터 클래스의 정대준 선수 캐릭터가 거대한 양자포를 든 채 서 있었다.

그 양자포의 끝은 정확히 ESA 팀 선수들을 향하고 있었다.

"헐?!"

"이런 미친!!!"

놀란 보석과 진성이 최대한 빨리 장소를 이탈했다.

민허 역시 마찬가지였다.

앞으로 돌진하던 라울의 궤도를 틀어 측면으로 급하게 선회했다.

그러는 동안, 풀 차지된 정대준의 양자포가 발사됐다.

"뒈져라, ESA!!!"

파지지지지지지직!!!

거대한 빔이 맵 한가운데를 가로질렀다.

[양자포 사격]

[물리 공격력: 1,100 (충전 시 3,000)]

[쿨타임: 25초 (충전 시 30초)]

[마이스터 전용 스킬, 강력한 한 방으로 아군, 적군할 것 없이 모든 것을 쓸어버리는 마이스터 궁극 스킬.]

대미지가 자그마치 3천이다!

이레이저 나인에 소속되어 있는 A 리그 선수, 고민준의 데스 스트라이크가 천의 대미지를 지니고 있다는 걸 감안한다면 양자포 사격은 자그마치 3배나 되는 공격력을 지니고 있었다.

대신, 쿨타임이 25초나 되었다. 충전하는 시간까지 포함하면 도합 30초. 양자포를 준비하는 시간이 너무 길기 때문에 PvP에서 웬만하면 잘 사용하지 않는 스킬 중 하나였다.

아슬아슬하게 양자포 사격에서 살아남은 민허가 남은 두 팀원들의 HP 현황을 체크했다.

성진성, HP 290.

한보석, HP 0.

"미, 미안하다. 얘들아."

반사 신경이 느려 미처 회피하지 못한 보석이 단숨에 아웃당하고 말았다.

진성도 피하긴 했지만, 민허처럼 완벽하게 피하진 못했다.

적지 않은 대미지를 입게 된 진성의 양손에 힘이 들어갔다.

"뭐 이딴 수작을 부려!!"

어이가 없었다.

그러나 지금이 기회였다.

'양지포 사격은 쿨타임이 길어! 이 틈을 타서 공격하면……!'

당분간 정대준은 전투 불능이었다. 김형단은 캐스팅을 하느라 바빴으니 제리슨만 어떻게 상대한다면 적들에게 치명타를 입힐 수 있었다.

게다가 세 명 다 HP가 낮은 지능형 캐릭터였다.

근접전으로 끌고 가면 진성이 혼자서 일당백을 만들어낼 수도 있었다.

"간다!!"

진성의 캐릭터가 득달같이 덤벼들었다.

그러나 민허의 생각은 반대였다.

"형! 잠깐만 기다려!"

"기다리긴 뭘 기다려! 지금이 절호의 기횐데!!"

가르시아의 신념을 꺼내 든 진성이 곧장 공격 스킬을 발동시켰다.

그러나 그의 공격은 이들에게 통하지 않았다.

제리슨의 주술사 캐릭터가 전방을 향해 양손을 뻗었다.

빙벽(氷壁)!

쩌저적!

바닥에서 샘솟은 얼음벽이 다시 한번 ESA와 나이트메어 진영을 강제로 갈라놨다.

카앙!

진성의 롱소드가 힘없이 얼음벽에 튕겼다.

"이런 개자식들!!"

본월에 이어 빙벽까지.

두 눈으로 직접 패턴을 목격한 민허가 짧은 한탄을 내뱉었다.

"제대로 된 필살기를 가져왔네."

동시에 그의 얼굴에서 굵은 땀 한 방울이 주륵 흘러내렸다.

*　　　　*　　　　*

독특하다고 할까, 참신하다고 할까.

아니, 엄밀히 말하면 대담했다.

양자포 사격을 이용한 한 방 공격. 충전 시 대미지가 3천이었기에 탱커라 하더라도 녹아내릴 수밖에 없는 무시무시한 스킬이었다.

그러나 쿨타임이 너무 길다는 치명적인 단점이 있었다. 그 단점을 소환사와 주술사의 스킬인 본월과 빙벽으로 커버를 친 것이다.

방벽류 스킬로 양자포 사격이 충전될 때가지 버티다가 됐다 싶으면 방벽을 해제해 적들에게 일격을 가한다. 그리고 다시 충전이 될 때까지 방벽을 세운다.

소환사와 주술사가 서로 번갈아가며 방벽을 세워주고 있었기에 쿨타임 문제도 해결되었다.

마이크를 힘 있게 쥔 민영전의 목에 핏대가 섰다.

"아!! ESA! 첫 세트부터 크나큰 위기를 맞이했습니다!!"

"두 눈으로 직접 보고도 믿기지가 않네요! 역시 나이트메어 답습니다!!"

민영전 캐스터와 하태영 해설 위원이 나이트메어의 전략을 극찬했다.

강력한 창과 강력한 방패를 들고 나온 나이트메어. ESA에게 승산은 없어 보였다.

마땅히 어떤 식으로 공략해야 좋을지 아이디어도 안 떠올랐다.

말 그대로 필살기였다.

"......"

말없이 빙벽을 응시하는 민허. 그와 반대로 진성은 발을 동동 굴렀다.

"이런 쌍!! 시간 얼마 안 남았는데!"

양자포 충전까지 걸리는 시간은 30초. 어림잡아 10초 이상은 벌써 지나갔다.

그 안에 어떻게든 해내야 한다!

민허는 침묵을, 그리고 진성은 당혹감을 감추지 못하는 동안 ESA 대기실에서도 난리가 났다.

"와… 대박이네."

"망했다, 망했어!"

감탄하는 나선형과 머리를 쥐어뜯는 오진석. 반응은 달랐지만 두 사람은 동시에 절망감을 맛보고 있었다.

허태균 감독 역시 같은 기분이었다.

경기를 지켜보던 ESA 팀 선수 중 한 명이 대안을 제시했다.

"민허가 반격기로 양자포 튕겨내면 안 되나요? 저 녀석, 아칸의 벨트 가지고 있으니까 양자포도 튕겨낼 수 있잖아요."

"아니, 그건 힘들 거다."

허 감독이 냉정하게 대답했다.

"나이트메어가 치는 방벽 스킬들의 공통점이 뭐라고 생각하냐."

"공통점이요?"

"'안의 내용물이 안 보인다'라는 거잖아. 충전 시간이 30초라고 하더라도 시간은 언제든지 저 녀석들 마음대로 조절할 수 있어. 30초 후에 바로 양자포를 갈겨도 되고, 눈치 보다가 40초 후에 쏴도 되고. 정해진 시간도 없어. 게다가 방벽 허물어지면 바로 발사되는 양자포를 민허가 어떻게 반격기로 튕겨내냐. 타이밍은 둘째 치고 커맨드 입력할 시간도 없을걸?"

"그, 그렇네요. 듣고 보니⋯⋯."

반격기 자체도 어려운 스킬인데, 거기에 상대방 공격 타이밍을 전혀 모르는 상황에서 반격기를 성공시키기란 결코 쉬운 일이 아니었다.

허 감독이 아는 이상, 그것을 성공시킬 수 있는 선수는 없었다.

제아무리 도백필이라 하더라도 그건 힘들어 보였다.

답답할 노릇이었다.

"결승이 바로 코앞이었는데!"

오 코치가 더더욱 괴로움에 몸부림쳤다.

그러나 허 감독은 끝까지 침착함을 유지했다.

"아서라. 아직 경기 끝난 거 아니다."

"그래도 저건 끝난 거나 다름없지 않습니까?!"

"무슨 방법이 있을 게야. 너희들도 최대한 머리 굴려봐라. 1세트 끝나고 애들한테 도움 줄 만한 말이라도 들려줘야지. 그게 코치진이 해야 할 일이잖아."

허 감독 말이 옳았다.

코치진도 그렇지만, 선수들이 느끼고 있을 절망감과 부담감은 말로 다 표현할 수 없을 만큼 클 터. 그런데 코치 된 입장에서 벌써부터 경기를 포기하는 건 말이 안 되는 행동이었다.

"음……."

중계 화면을 응시하며 머리를 굴려보는 허 감독이었으나.

'풀기 어려운 퍼즐이군.'

꽤 난도가 있는 문제였다.

*　　　　*　　　　*

이런 경우는 처음이었다.

하기야. 지금까지 이렇게 극단적인 필살기성 전략을 들고 온 팀은 없었다. 어찌 보면 당연한 일이었다.

그렇다고 어쩌겠는가. 여기서 백기를 들 수도 없었다.

"진성이 형."

"어?! 왜! 좋은 방법이라도 떠올랐냐?"

진성의 얼굴에 잔뜩 기대감이 부풀어 올랐다. 하나 들려온 대답은 실망 그 자체였다.

"미리 구석으로 피해 있어. 그러다가 사정권 안에 들어갈지도 모르니까."

"도망만 다니라고?! 그럼 경기는 어떻게 이기냐!"

차라리 방벽이 세워지기 전에 틈을 노려 공격하는 게 더 효율적이지 않을까. 진성은 그렇게 생각했다.

그러나 나이트메어도 바보는 아니다. 유일한 약점을 보완하기 위해 수백 번, 수천 번 방벽 세우는 타이밍을 연습했을 것이다.

그것이 민허의 생각이었다.

그렇다면 보다 확실한 쪽을 공략하는 게 좋았다.

서로 대화를 나누는 동안, 방벽이 허물어지기 시작했다.

동시에 민허가 다급히 외쳤다.

"있는 힘껏 도망쳐!!"

양쪽 방향으로 찢어지자, 이들 사이로 양자포 빔이 뿜어져 나왔다.

간신히 목숨을 건졌다. 그러나 뒤이어 본윌이 모습을 드러냈다.

그러기를 3~4차례 반복했다.

그동안 ESA는 단 한 번의 공격도 시도하지 못했다. 피하기에 급급할 뿐.

그것만으로도 나이트메어에겐 크나큰 이득이었다. 피하긴 하지만, 조금씩 깎여 나가는 HP 때문이었다.

워낙 사정 범위가 넓은 양자포 빔. 조금만 스쳐도 최소 50 이상의 대미지를 먹일 수 있었다.

'이겼다!'

'이거 원, 쉽네!'

이미 나이트메어 선수들은 승리를 장담하고 있었다.

이윽고 다섯 번째 양자포 충전이 완료되었을 때.

우르르 무너지는 방벽 사이로 다시금 정대준의 양자포가 강력한 빔을 발사했다.

하나 그때, 믿기 힘든 일이 벌어졌다.

민허의 캐릭터, 라울이 양자포 사정권에 정확히 마주 섰다.

"게임을 포기하려면 진작 그랬어야지!"

정대준이 호기롭게 외쳤다.

아무리 봐도 포기 선언으로밖에 보이지 않았다. 도망치려는 기미도 전혀 보이지 않았으니까.

아니, 민허는 애초에 도망칠 생각조차 하지 않았다.

오히려 이 기회가 오기를 기다렸다!

라울이 자세를 잡음과 동시에 스킬 하나를 발동시켰다.

민허의 전매특허 기술 중 하나.

반격기였다.

나이트메어의 필살 전략.

이름하야 '요새'였다.

양자포를 충전하는 동안 본월과 빙벽이 강력한 보호막이 되어줄 것이다. 그 뒤, 공격 타이밍을 잡아 상대 팀에게 강한 일격을 가한다.

이후, 다시 충전될 때까지 방벽을 친다.

창과 방패. 두 가지를 동시에 지닌 완벽한 작전이었다.

그러나 이들이 간과하고 있는 게 하나 있었다.

그 창이 역으로 이들의 목을 겨눌 수도 있다는 가능성을 염두에 두지 못했던 것이다.

화면 가득 뿜어지는 양자포의 거대한 빔. 그 한가운데에 마주 선 민허의 라울이 반격기 자세를 취했다.

타다닥! 타닥! 탁!

민허의 왼손이 마치 리듬을 타듯 경쾌하게 움직였다. 동시에 라울이 반격기 스킬을 시전했다.

반격기를 성공하는 것은 꽤나 어려운 일이지만, 큰 장점을 하나 가지고 있었다.

캐스팅 시간이 매우 짧다는 것이었다.

민허가 커맨드를 입력함과 동시에 바로 발동되다시피 했다.

궁극기 스킬 VS 기본 스킬.

애초에 게임이 안 되는 승부였다. 양자포 빔에 비하면 보잘 것 없었지만, 그래도 민허는 자신 있었다.

"어디 한번 역으로 당해보시지!"

실로 완벽한 타이밍이었다!

우우우우웅!!!

보이지 않는 벽에 튕겨 나간 것처럼 라울에게 향하던 양자포 빔이 궤도를 꺾어 정확하게 나이트메어 쪽으로 향했다.

"이, 이런!!"

"방벽!! 방벽 쳐!!!"

정대준 선수가 다급히 외쳤다.

그러나 민허가 설마 반격으로 양자포 빔을 튕겨낼 거라는 생각을 전혀 하지 않고 있었기에, 방어할 준비조차 되어 있지 않았다.

본월과 빙벽은 반격기처럼 바로바로 발동되는 그런 스킬이 아니었다. 어느 정도 캐스팅 시간을 요하는 큰 기술이었기에 대준이 바로 방벽을 지시해도 소화하기 힘들었다.

파지지지지지지지직!!!

궤도를 튼 양자포 빔이 이들 세 명을 덮쳤다!

빔의 무지개 색이 모니터를 수놓았다. 이후 그 바통을 회색이 이어받았다.

"세, 세상에……!"

"다… 죽은 거야?!"

멍하니 모니터를 바라보는 나이트메어 선수들이 미처 말을 잇지 못했다.

세 명 전원 다 아웃!

입이 쩍 벌어지는 결과가 나왔다.

*   *   *

민허의 전략을 요약하자면 대략 이러했다.

틈을 보이고, 방심을 이끌어낸 다음에 공격 타이밍을 고정화시킨다.

일부러 도망 다니면서 수세에 몰리는 척을 했다. 그래서 진성에게 도망 다니라고 말했던 것이다.

적이 수세에 몰려 있음을 확인하게 되면 자연스레 의기양양해진다. 어차피 상황은 이들에게 월등히 유리하다. 그렇다면 공격을 망설일 이유가 없었다.

첫 번째 공격은 45초 뒤.

두 번째 공격은 43초 뒤.

세 번째 공격은 38초 뒤.

그리고 네 번째 공격부터 35초로 고정되기 시작했다.

그 말인즉슨. 양자포 공격이 풀로 충전될 때마다 바로 방벽을 내리고 공격하기 시작했음을 뜻했다.

자신감이 상승했기에 공격에도 망설임이 없어졌다.

계속해서 35초 때 공격이 이어지는 것을 확인한 민허는 도박을 걸어보기로 했다.

그다음 공격 타이밍 역시 35초 후다!

일부러 수세에 몰려 상대방의 공격 타이밍을 고정시키게 만들었다. 그리고 그 도박은 제대로 성공했다.

일발역전! 단 한 방의 스킬로 순식간에 나이트메어 선수 세 명을 아웃시켰다.

민허의 대활약에 관중들은 일제히 열광하기 시작했다.

서로 치고 박고 치열하게 싸웠던 것도 아니었다. 나이트메어가 압도적으로 우세를 유지하고 있었는데, 그게 단 한 방에 역전된 것이다.

"강민허 선수!! 기어코 대형 사고를 냈습니다!!!"

"와… 이건 해설인 저도 뭐라 말로 표현할 수가 없네요!"

"그동안 게임 중계 하면서 이런 황당한 경우는 또 처음입니다, 정말 처음이에요!"

민영전 캐스터와 하태영 해설 위원이 소감을 토로했다.

이들의 역할은 상황 전달과 정리, 그리고 경기에 대한 분석과 해석이었다.

그러나 방금 이들의 경기는 뭐라 말로 표현할 방법이 없었다.

나이트메어의 요새 전략도 놀라웠지만, 그것을 반격기로 카운터 쳐버리는 민허 역시 대단했다.

극한의 피지컬에 오른 자만이 선보일 수 있는 최고의 플레이!

그게 바로 강민허라는 선수의 진면목이었다.

경기가 끝난 이후. 어안이 벙벙한 표정을 짓는 나이트메어 선수들. 말 그대로 혼이 빠져나간 듯했다.

부스로 들어온 코치진들이 멘탈 잡기에 들어갔다.

"정신 차리자, 얘들아! 아직 경기 진 거 아니야!"

"코, 코치님. 그다음 세트는 어떻게 해요?"

"어떻게 하긴. 그대로 가야지."

"그치만 방금 반격기로 튕겨낸 거, 보셨잖아요!"

"우연이겠지. 본래 우연은 두 번 일어나기 힘들잖아. 걱정 마라. 그냥 저쪽이 한번 얻어걸린 것뿐이야. 괜히 우리 쪽이 주눅 들 필요 없어. 연습한 대로만 해! 알았지?"

"아, 알겠습니다!"

"기합 넣고! 자, 정신 똑바로 차리고 가자!"

첫 세트에서 기습을 당했음에도 불구하고 나이트메어의 부스 안은 파이팅이 넘쳤다.

저것이 세컨드의 힘이었다.

한편, ESA 부스 쪽은 굳이 코치진이 와서 멘탈 케어를 해주지 않아도 좋은 분위기를 유지할 수 있었다.

멘탈 케어는커녕 오 코치가 민허에게 어떻게 된 일이냐는 식으로 닦달했다.

"방금 반격기, 어떻게 쓴 거냐?! 감독님 말로는 반격 절대 못칠 거라고 하던데?!"

"그거야 감독님이 아직 저에 대해 잘 모르셔서 그러시는 거고요. 조금만 생각하면 공략하기 쉽더라고요."

나이트메어의 요새 작전을 이미 간파해 냈다.

남은 건 하나뿐.

"감독님한테 전해주세요. 저번에 그 고깃집, 오늘 저녁에 갈 테니까 미리 예약하라고요."

이미 그는 승리를 확신했다.

                *   *   *

두 번째 세트.

강민허의 대활약에 의해 첫 세트는 빼앗기게 되었다.

그러나 두 번째부터는 달랐다.

"본월하고 빙벽 쿨타임, 잘 계산해! 알겠지?"

"예!"

"Okay!"

두 선수가 고개를 크게 끄덕였다.

게임은 피지컬도 중요하지만 멘탈 싸움도 큰 비중을 차지한다.

요새 전략은 완벽하다. 정신만 바짝 차리면 이길 수 있다! 정신을 재무장한 나이트메어 선수들이 보다 더 견고하게 포지션을 구성했다.

물론 그건 ESA도 마찬가지였다.

"민허야, 다음 작전은?"

보석이 그에게 의견을 구했다.

민허는 분명, 두 번째 세트가 시작되기 전에 이렇게 말했다.

승리는 이미 우리의 것이라고.

"형들, 원거리 스킬 있지? 그거 캐스팅하고 대기해. 방벽 열리면 바로 공격하고."

"그러다가 양자포에 당하기라도 하면?"

"걱정 마. 저쪽은 공격 못 할 거야."

강한 자신감을 어필한 민허가 이들을 한 곳으로 모았다.

"내 뒤에 있으면 안전해."

"이번에는 뭘 하려고 그러는 거냐."

"작전이 뭔데?"

보석과 진성이 호기심을 이기지 못하고 그를 닦달했다.

가벼운 한숨을 내쉰 민허가 짧게 대답했다.

"작전명은 허장성세(虛張聲勢)."

"허… 뭐?"

"보면 알게 될 거야."

여전히 민허가 무슨 말을 하는지 알 수 없었다.

*   *   *

두 진영을 가로막았던 본월이 드디어 우르르 무너져 내리기 시작했다.

그 말인즉슨.

"시작한다!"

나이트메어의 공격이 개시될 예정이라는 뜻이었다.

정대준이 빠르게 ESA 팀원들의 위치를 찾았다.

방아쇠를 당기려던 순간, 그의 행동에 망설임이 발생했다.

"……!"

민허를 앞세운 채 뒤로 물러나 있는 진성과 보석.

세 명 다 나란히 양자포 사정거리에 나란히 들어와 있었다.

쏘기만 하면 된다! 그러나 스킬 단축키를 누를 수가 없었다.

라울이 너무 여유롭게 보였기 때문이었다.

마치 '나는 언제든지 반격으로 쳐낼 수 있다'라는 것을 강조하는 듯했다.

'설마 또?!'

이대로 양자포를 발사하면 어떻게 될까.

첫 세트처럼 반격기 때문에 공격이 튕겨 나오기라도 하면…….

'2 대 0은 안 돼!'

한 경기만 내줘도 결승 티켓을 눈앞에서 놓치는 꼴이 된다. 첫 세트의 부담감이 정대준을 짓눌렀다.

"형! 갑자기 왜 그래요?!"

"Fire! 빨리!"

김형단과 제리슨이 공격을 재촉했다. 그러나 단축키 위에 올라간 손가락의 무게가 너무나도 무겁게 느껴졌다.

그때, 보석이 발사한 파이어볼트와 진성의 단검 투척 공격이 이들을 향해 날아들었다.

"Holy shit!!"

욕지거리를 내뱉은 제리슨이 빙벽을 시전했다.

그러나 타이밍이 얽힌 탓에 원거리 공격을 허용하고 말았다.

"큭!!"

나이트메어 선수들의 HP가 급격히 떨어졌다.

애초에 피통이 적은 지능형 캐릭터들이었기에 이런 공격 한 방, 한 방도 위협적으로 느껴졌다.

뒤늦게나마 빙벽이 쳐지긴 했지만, 경기 흐름은 ESA쪽으로 넘어가 있었다.

"형! 왜 공격 안 했어요!!"

"그, 그게 말이다……."

뭐라 말로 형용하기 힘들었다.

양자포를 발사하려는 순간, 첫 세트에서 겪었던 그 역공이 주마등처럼 스쳤다.

"대준! 침착하게! All right?"

제리슨이 용기를 북돋아줬다.

괜찮다. 어차피 기회는 여러 번 있다.

[양자포 충전 완료]

이제 나이트메어의 턴이다!

"후우……!"

정대준이 심호흡을 내쉬었다.

이윽고 빙벽이 사라지자, 다시금 타겟을 찾아 헤맸다.

그러나 이번에도 역시나 마찬가지였다.

보석과 진성이 민허의 뒤에 바짝 붙은 채 서 있었다.

라울이 이토록 위풍당당하게 느껴진 적이 없었다.

민허는 첫 세트에서 정확하게 타이밍을 계산해 카운터를 먹였다. 자신감이 있으니까 두 명을 뒤로 대기시켜 놓고 일부러 공격을 유도하려는 게 아닐까?

머리가 복잡해졌다.

그러는 동안, 공격 타이밍은 점차 늦어졌다.

"형!!"

또 다시 공격을 망설이는 정대준. ESA가 그 틈을 놓칠 리 없었다.

"형들, 알고 있지?"

"물론!"

이번에는 가할 수 있는 최대한의 딜을 자랑하는 원거리 공격 스킬을 날렸다.

제리슨은 방금 전, 빙벽을 쳤기 때문에 곧장 다시 벽을 세울 수 없었다. 본래는 형단이 본월을 쳐야 했지만……

"형! 공격하라고요!!"

"큭……!"

대준이의 망설임이 형단에게도 악영향을 미쳤다.

필사적으로 그를 설득하는 동안, ESA의 일격이 세 남자를 집어삼켰다.

또 다시 회색 화면이 펼쳐졌다.

나이트메어, 전원 아웃.

ESA, 전원 생존.

경기는 이제 마지막 세트가 될지도 모르는 3세트로 향했다.

                    *   *   *

"대준아."

정대준의 이상행동 때문에 결국 나이트메어 감독까지 출동했다.

"네가 무너지면 이 경기, 절대 못 이긴다. 넌 팀 리더야. 네가 앞장서야 동생들이 널 믿고 뒤따르는 거다."

"……"

"R 리그, 가고 싶지 않냐. 너도 2군 생활 오래했잖냐. 이제 능력을 보여줘."

"…알겠습니다."

무겁게 고개를 끄덕였다.

감독의 말이 맞았다. 너무 민허에게 쫄아 있을 필요 없었다. 어차피 저쪽도 반격기를 성공하지 못하면 전멸이다. 두 팀 다 뒤에 절벽을 두고 있는 상태에서 서로 물러설 수 없는 싸움을 하고 있는데 본인이 먼저 뒷걸음치면 어쩌자는 건가.

결심을 굳혔다.

더 이상 물러설 수 없다! 천하의 나이트메어가 ESA에게 3 대 0으로 패배한다? 그건 팀 명성에 먹칠하는 꼴이다.

"좋아, 가자!"

양 손바닥으로 본인의 뺨을 몇 차례 찰싹찰싹 쳤다.

스스로 기합을 다지기 위한 행동이었다.

단 한 경기.

3세트까지 내주게 되면 나이트메어는 이레이저 나인 다음으로 높은 성적을 거뒀음에도 결승 진출에 실패하게 된다.

더 이상의 패배는 없다!

마음을 다잡은 나이트메어 선수들이 경기 시작을 알리는 카운트다운에 집중했다.

3세트에서 나이트메어가 패배하게 되는 순간, 이들은 3 대 0이라는 스코어로 3위를 기록하게 된다.

물론 3위도 잘한 거다. 그러나 플레이오프에서 최약체라 불리는 ESA를 상대로 3 대 0을 기록해 3위를 했다는 건 용납할 수 없는 일이기도 했다.

그간 ESA가 보여준 성적들을 보라. 만년 꼴찌 아닌가.

그런데 결승 티켓을 걸고 펼치는 중요한 경기에서 ESA에게 완패를 당한다? 그건 나이트메어라는 팀에게 치욕을 선사하는 것과 마찬가지였다.

팀이 절체절명의 위기 상황임에도 불구하고 예나의 눈빛은 오히려 흥미진진함을 담고 있었다.

"역시 내가 생각했던 대로야."

온라인에서 같이 파티를 맺고 던전 사냥에 나설 때마다 느꼈던 감정과 같았다.

민허의 피지컬을 볼 때마다 놀란 게 한두 번이 아니었다.

그것을 오프 경기에서 직접 확인하게 될 줄은 몰랐다.

프로게이머 중에서도 온라인에서는 소위 말해 날아다니는 실력을 자랑하지만 정작 오프 경기에선 제대로 된 힘조차 못 쓰고 탈락의 고배를 마시는 자들이 생각보다 많이 존재한다.

민허도 그중 한 명이 아닐까 생각했으나 이번 경기로 인해 오해였음을 본인이 직접 확인했다.

예나는 팀에 그렇게까지 큰 소속감을 느끼고 있지 않았다. 프로 리그보다 개인 리그 성적을 더 중시하는 그녀였기에 여기서 본인의 팀이 지든 이기든 크게 신경 쓰지 않았다.

어차피 내 일 아니니까.

그렇기에 팀이 수세에 몰려 있음에도 마음 편히 관전할 수 있었다.

한편, 다시 한번 전장으로 소환된 선수들의 얼굴에 긴장감이 감돌았다.

그 와중에 민허는 여전히 미소를 짓고 있었다.

"형들. 아까 경기 들어가기 전에 설명해 준 거, 기억하고 있지?"

"…진짜 그대로 하라고?"

진성이 태클을 걸었다.

3세트가 시작되기 전에 민허는 이들에게 한 가지 작전을 지시했다.

들으면서도 반신반의했던 진성이었기에 재차 물을 수밖에 없었다.

하나 민허의 태도는 확고했다.

"당근이지."

"실패하면 어떻게 되는데."

"GG 치면 되잖아. 어차피 우리가 2경기나 앞서가고 있는데, 너무 부담 가지지 마."

'이 녀석. 진짜 뇌 구조가 어떻게 되어 있는 거냐.'

마음 같아선 해부라도 해보고 싶었지만, 그럴 수 없다는 걸 누구보다도 잘 알고 있었다.

민허는 확실히 남들과 달랐다.

생각하는 것도, 위기 상황에 대처하는 방식도, 그리고 경기에 임하는 마음가짐도.

뭐랄까. A 리그에서 뛰는 게 아깝다는 생각이 들 정도였다.

머리도 좋고, 피지컬도 뛰어나고. 게다가 깡다구도 있다.

아마 민허는 경기 결과에 상관없이 R 리그로 승격하게 될 것이다.

진성도, 그리고 보석도 암묵적으로 그리 예상하고 있었다.

*　　　*　　　*

경기가 시작되자마자 김형단 선수의 본월이 세워졌다.

3경기 연속으로 같은 패턴이었다.

그래도 어쩔 수 없었다. 이들이 이 요새 전략을 준비할 때에는 승률이 거의 89%에 육박했었다. 재경기 이후에도 85%라는 어마어마한 승률을 자랑했다.

알면서도 당하는 필살기. 그렇기에 이들은 이 요새 전략에 거의 올인하다시피 연습을 해왔다.

그런데 ESA한테, 아니, 강민허한테 두 번이나 연속으로 깨졌다.

이제 이들도 승리를 장담할 수 없었다.

그렇다 하더라도 요새 전략을 고집해야 했다. 왜냐하면 할 수 있는 게 이거밖에 없으니까.

"형! 이번에는 알고 있죠?!"

형단이 목소리를 높였다.

무겁게 고개를 끄덕이는 정대준. 굳이 말 안 해도 잘 알고 있었다.

이번에는 망설이지 않는다!

"발사 시간은 언제로 할 거예요?"

"50초로."

"네!"

"제리슨, 빙벽 치는 타이밍은 너한테 맡길게."

"Okay!"

정대준 선수는 본래 괜찮은 리더십을 지니고 있는 프로게이머였다. R 리그 승격도 고려될 정도로 뛰어난 능력을 갖춘 선수였기에 팀에서도 기대하고 있는 바가 매우 컸다.

하나 이번 경기에서 보여준 실수는 치명적이었다.

'자그마치 3년! 3년을 투자했는데 언제까지 A에 머물 거냐!!'

스스로에게 채찍질을 가했다.

이제는 R로 올라갈 때도 되지 않았는가!

이번 경기를 통해서 증명해 보이면 된다.

나는 위기의 순간에도 강하는 점을!

[양자포 충전 완료]

이 문구를 기다리고 있었다.

"카운팅할 테니까 대기해."

"예, 형!"

민허가 사용한 1세트 전략이 뭔지 대충 감 잡고 있었다.

그래서 이번에는 일부러 공격 타이밍을 알려주지 않기 위해 최대한 시간을 늘렸다.

"3, 2, 1, Go!"

대준의 외침을 기다렸다는 듯이 본월이 우르르 무너졌다.

곧장 타겟을 찾아 헤맸다.

그리고 그 순간, 대준의 입에서 탄식이 튀어나왔다.

"헛……!"

무너지는 본월.

벽 바로 앞에서 대기하고 있던 ESA 멤버들이 매섭게 달려들었다.

"이런 미친 새끼들!!"

가까이 달라붙으면 양자포 역시 사용하기 힘들었다.

적군도, 아군도 가리지 않고 무차별적으로 공격하기에 자칫 잘못하다가 아군한테 명중되기라도 하면 큰일이었다.

민허가 노린 게 바로 그것이었다.

본월과 빙벽. 두 방벽류 스킬 때문에 안에서 저들이 무엇을 하는지 알 방법이 없었다.

그 말을 반대로 돌리면, 안에서도 바깥 상황을 볼 수 없다는 말과 같은 뜻이었다.

이 허점을 노렸다.

본월이 쳐지자마자 바로 벽 쪽으로 붙다시피 다가간 ESA 멤버들. 본월이 해체되는 순간, 그 틈을 노려 최대한 나이트메어 선수들과 거리를 좁혔다.

피아 구분 없이 딜을 넣는 양자포이기에 근접 거리를 유지하면 쉽게 공격할 수 없을 터!

이 예상은 정확하게 맞아떨어졌다.

"이제 우리 턴이야!"

호기롭게 외치는 민허의 말에 덩달아 신이 난 진성과 보석. 이들의 손놀림이 빨라졌다.

한편, 공격 수단이라고는 오로지 양자포 하나밖에 준비하지 않았던 나이트메어였기에 무방비 상태일 수밖에 없었다.

"쳇!"

방벽 캐스팅을 취소하고 뒤늦게 공격 마법으로 전환했지만 이미 많이 늦었다.

"진성이 형! 주술사부터 아웃시키자!"

"오냐!"

민허와 진성이 콤비를 이루어 제리슨을 집중 공략했다.

HP가 낮은 주술사 클래스가 전사와 파이터의 근접 공격을 당해낼 리 없었다.

제리슨을 아웃시킴과 동시에 다음 타겟으로 소환사 캐릭터를 다루는 김형단 선수를 노렸다.

저항조차 제대로 해보지 못하고 쓰러지는 팀원들. 결국 참다 못한 정대준이 양자포의 방아쇠를 당겼다.

"뒈져라, 개새끼들아!!!"

발악하듯 양자포를 발사한 순간, 용기 있게 나선 이가 있었다.

성진성. 그가 방패를 들고 양자포와 정면으로 마주했다.

그러면서 아껴뒀던 필살의 스킬을 발동시켰다.

[세크리파이스 실드]
[쿨타임: 1분]
[전사 전용 스킬]
[본인을 희생하고 적 스킬 1번을 무효화로 되돌릴 수 있다. 방패
착용 시에만 사용 가능.]

"크윽!!"

세크리파이스 실드 스킬이 발동되자, 방금 전까지만 하더라
도 매서운 기세로 뿜어져 나오던 양자포 빔이 흔적도 없이 사
라졌다.

대신, 큰 부작용이 있었다.

털썩!

진성의 전사 캐릭터가 바닥에 쓰러졌다. HP가 바닥을 향해
떨어지더니, 이내 제로를 가리켰다.

아웃.

그의 모니터 화면이 회색으로 물들었다.

하나 후회는 없었다.

"둘이서 마무리 지을 수 있지?"

"물론!"

민허가 힘을 주며 대답했다.

그 정도면 충분했다. 이미 진성은 본인의 역할을 다하고도

남았다.

"민허야! 버프 간다!"

진성이 아웃당한 탓에 민허가 보석의 버프를 독점으로 하다시피 해서 몰아 받았다.

기하급수적으로 상승한 스탯들. 양자포 하나만 믿고 버티던 정대준에게 승산은 없었다.

"ESA 따위가!!!"

마지막까지 발버둥을 쳐보지만, 민허는 1 대 1에 그 누구보다도 강한 면모를 지닌 프로게이머였다.

격투 게임으로 세계를 재패한 남자! 이 상황에서 그가 진다는 건 있을 수 없는 일이었다.

회피 이후 폭딜!

민허가 가장 자신 있어 하는 패턴이었다.

마이스터는 공격이 느린 클래스로도 알려져 있는 캐릭터였다. 제아무리 마구잡이로 공격 스킬을 난사해도 민허에게 맞을 턱이 없었다.

계속해서 깎여 나가는 HP. 그 속에서 정대준은 절망을 맛봤다.

그의 모니터가 회색으로 물들기까지 그리 오랜 시간이 걸리지 않았다.

나이트메어, 전원 아웃!

민영전 캐스터의 목소리가 스타디움에 울려 퍼졌다.

"GG!!! 경기 끝났습니다!! ESA가 나이트메어를 3 대 0으로 누르고 결승에 직행합니다!!!"

충격적인 경기 결과였다.

두 팀의 승자 예측은 나이트메어가 89%로 압도적인 지지를 받았다. 그런데 막상 결과를 까보니 11%의 기적이 벌어지고 만 것이었다.

어안이 벙벙할 수밖에 없었다.

"이겼다! 이겼다고!!"

두 손을 번쩍 치켜든 보석이 마음껏 기쁨을 표출했다.

여태까지 뚱한 태도를 보였던 진성조차도 감격에 찬 표정을 지었다.

결승 진출!

팀 단위라고 하지만, 그래도 이 얼마나 큰 업적이란 말인가!

그제야 헤드셋을 벗은 민허가 두 형들의 어깨 위에 손을 올렸다.

"고생했어, 형들."

준플레이오프부터 시작해서 플레이오프까지.

3 대 0이라는 새로운 라울 스코어 신조어가 만들어지기 시작했다.

*   *   *

결승에 가서도 열심히 하겠다.

대략 이런 식으로 승자 인터뷰를 마무리 지은 ESA 팀 멤버들이 무대 뒤쪽으로 향했다.

그러던 와중에 익숙한 여성의 목소리가 민허를 불러 세웠다.

"민허 씨! 오늘 경기, 재미있었어요. 그리고 결승 진출, 축하 드려요."

"감사합니다. 화영 씨."

승자 인터뷰 때와 별개로 축하 말을 건네오는 화영 덕분에 잠시 걸음을 멈췄다.

이윽고 멀뚱히 서 있는 두 형들에게는 먼저 가라는 식으로 손짓했다.

"자자, 우리는 눈치껏 물러나자."

보석이 진성을 억지로 끌고 갔다.

눈에 불만이 가득한 진성이었으나 그래도 어쩌겠는가. 승리의 주역인 민허한테 이 정도 배려도 못 해준다는 건 말이 안 됐다.

두 남자가 자리를 피해주자 화영의 표정이 한결 편해졌다.

딱히 두 사람을 싫어해서 이런 표정 변화가 발생한 건 아니었다. 그냥 민허와 둘만 있고 싶었을 뿐이었다.

"저번에 말씀하셨던 거 있잖아요. 결승전 끝나고 밥 먹기로 한 거."

"아, 네."

"매니저님한테 말씀드려서 스케줄 따로 뺐으니까 점심이든 저녁이든 다 가능할 거 같아요. 언제가 좋으세요?"

"하루 통째로 뺐다면, 그냥 온종일 만나면 되죠."

"어머, 그럴까요?"

내심 민허의 이런 말을 기대하고 있었던 모양인지 한 손으로 입가를 가리며 수줍게 웃었다.

다시금 주변을 살핀 화영이 눈웃음을 지었다.

"그럼 그 전에 따로 또 연락 주고받아요."

"네. 일찍 들어가서 쉬세요, 화영 씨. 오늘 고생 많으셨을 텐데."

"고생은 민허 씨가 더 많이 했죠, 뭐. 다시 한번 축하드려요. 결승전 무대도 민허 씨 팬으로서 기대할게요!"

화영이 오른손을 살랑살랑 흔들며 빠르게 장소를 이탈했다.

그녀의 뒷모습을 응시하던 민허가 이내 방향을 돌려 대기실로 향했다.

아리따운 미녀 팬의 응원을 받은 이상, 질 수는 없었다.

결승전도 무조건 승리한다! 그리고 당당히 R 리그와 개인 리그에 이름을 올린다!

'이제 겨우 시작일 뿐이야.'

아직 갈 길이 멀었다.

제10장
부산으로!

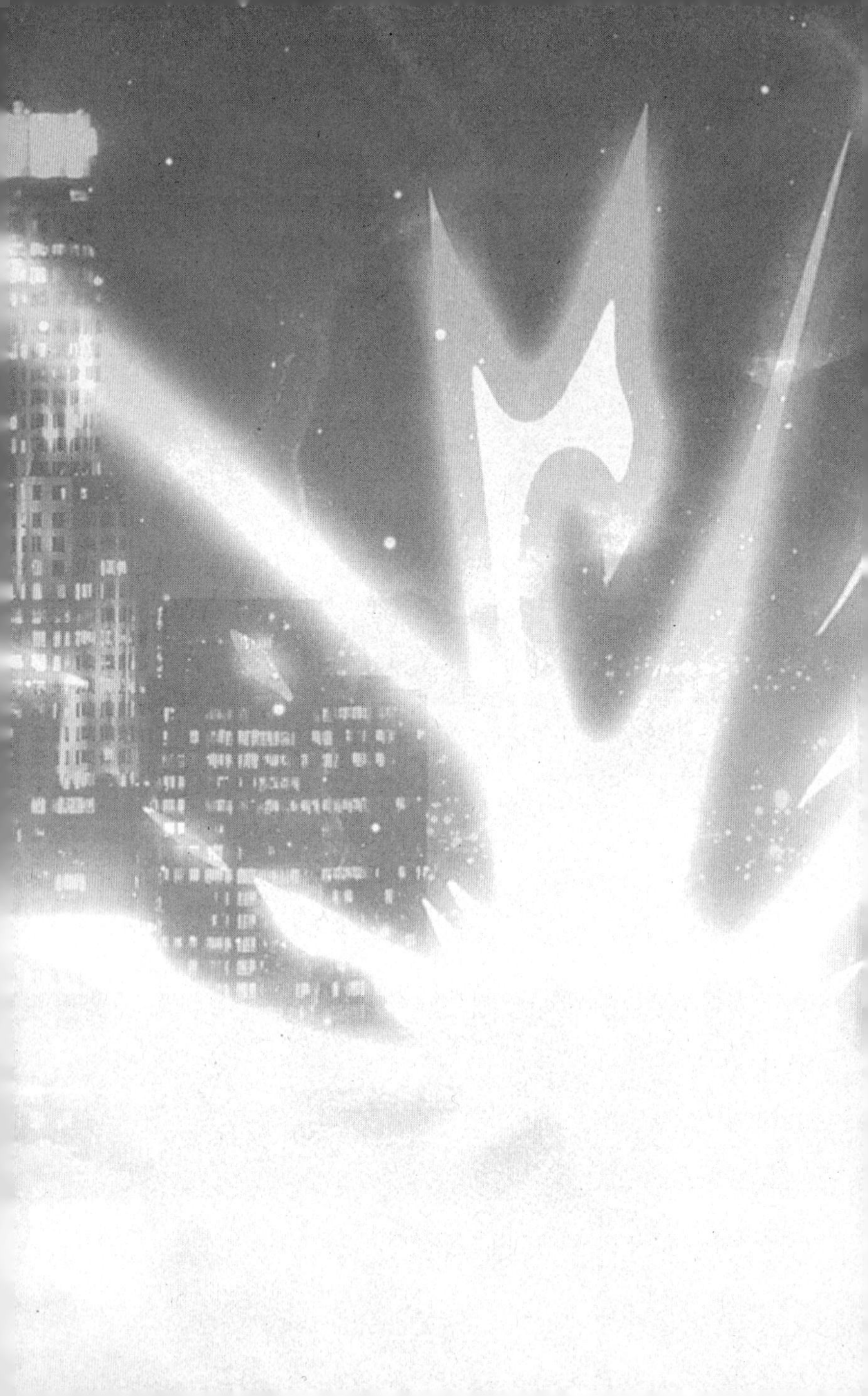

아침부터 일사불란하게 준비를 서두르는 ESA 팀원들.

이른 시간임에도 불구하고 이렇게 서두르는 데에는 이유가 있었다.

A 리그 결승전이 열릴 장소가 다름 아닌 부산이었기 때문이다.

사실 허 감독은 본인의 팀이 결승에 진출할 거라 생각하지 못했었다. 하나 그건 민허가 없었을 때의 이야기였다. 민허가 팀에 합류하고 난 이후, 상황은 달라졌다.

준플레이오프, 플레이오프를 연달아 3 대 0으로 압승하며 마지막 한 장 남은 결승 티켓을 거머쥐게 된 ESA.

사람들은 라울의 기적이라 칭송하기에 이르렀다.

하나 민허는 그렇게 생각하지 않았다.

물론 자기 잘난 맛에 사는 민허이긴 하지만, 팀전은 엄연히 팀이 잘했기에 이긴 거였다. 혼자서 제아무리 날고 기어봤자 높은 승률을 자랑하긴 힘들었다.

그렇기에 민허는 자신과 호흡을 맞춘 보석과 진성에게 늘 고마운 마음을 지니고 있었다.

티는 잘 안 냈지만 말이다.

"얘들아, 준비 다 끝났냐!"

"예!"

"끝났습니다!"

보석과 진성이 힘 있게 외쳤다.

결승전을 가질 때까지 당분간 이들은 현지 적응을 위해 부산에서 5박 6일 동안 머물 예정이었다.

출발 인원은 허태균 감독을 포함해 오진석 코치, ESA A 리그 주전 멤버 3인방, 그리고 R 리그 후보 선수 3명까지. 이렇게 총 8명이 부산행을 결정지었다.

1군 선수들을 데려가는 이유는 A 리그 3인방의 스파링 때문이었다.

R 리그에서 현역으로 활동하는 선수들을 데려가는 건 조만간 있을 R 리그와 개인 리그에 방해가 되는 꼴이 될지도 모른다는 걱정이 들어 일부러 1군 후보 선수들을 데려가기로 했다.

이들 역시 거리낌 없이 동행을 승낙했다. 그렇기에 문제될 만한 건 없었다.

R 리그 선수들은 민허와 대전하는 걸 꺼려 했다. 왜냐하면 괜히 지기라도 했다간 자신의 지위가 위험해질 수 있었으니까.

하나 이들은 어차피 후보 선수에 불과했다. 잃을 게 없기 때문에 오히려 민허와의 주기적인 대전을 통해 실력을 기르고 싶다는 의지가 다분했다.

민허도 그들의 적극적인 자세를 나쁘게 보지 않았다. 도리어 자기 자리를 사수하느라 급급한 R 리그 주전 멤버들에 비해 이들의 태도가 훨씬 더 올바르다 보고 있었다.

여하튼 이런 이해관계들이 얽혀 최종적으로 8명이 부산으로 떠나게 되었다.

오전에 외출했다가 다시 숙소로 돌아온 오 코치가 허 감독에게 보고했다.

"감독님, 차 앞에다가 주차시켜 놨습니다. 언제 출발하실 건가요?"

"준비 끝났으니까 지금 바로 가자. 늦으면 안 되니까."

"예, 알겠습니다!"

오 코치가 다시 차량으로 향했다. 선수들 역시 각자 짐을 꾸린 채 오 코치가 가져온 승합차에 몸을 실었다.

현관문을 나서기 전에 허 감독이 나 코치를 불렀다.

"선형아."

"네."

나선형 코치는 허 감독과 오 코치를 대신해 숙소에 남아 선수들을 보살필 예정이었다.

"애들 관리 잘하고. 무슨 일 있으면 나한테 바로 연락해라."

"걱정 마세요, 감독님."

나 코치라면 크게 걱정되지 않았다. 오 코치가 남았다면 좀 걱정되었을 테지만 말이다.

여하튼 나 코치에게 자신의 빈자리를 잘 부탁한다는 말을 남긴 채 걸음을 옮겼다.

보조석에 허 감독이 탑승하자 운전대를 잡은 오 코치가 곧장 차를 몰았다.

"그럼 출발하겠습니다!"

서울에서 부산까지.

쉽지 않은 여정이 시작되었다.

*　　　*　　　*

부산에 위치한 거대 전시 컨벤션 센터, 렉스코.

이곳에서 이번 주 주말을 시작으로 3일 동안 대규모 게임 행사, E 스타가 열릴 예정이었다.

A 리그는 E 스타 행사 마지막인 3일 차에 렉스코 대형 전시 홀에서 열리기로 일정이 잡혀 있었다.

E 스타 주최 측은 로인 이스 온라인 리그와 협업해 E 스타 방문자를 늘리겠다는 계획을 꾸리고 있었다.

TGP 입장에서도 손해 보는 건 아니었다. E 스타 방문객들을 자신들이 개최하는 리그 관객들로 끌어들일 수 있는 기회 아니겠는가.

쌍방이 서로 득이 되기에 협의 역시 원활하게 진행되었다.

다만, 구단 입장에선 소소한 불만이 있었다.

바로 부산까지 거리가 너무 멀다는 점이었다.

휴게소에 두 번가량 들린 뒤에 겨우 부산 톨게이트를 통과하는 데에 성공한 ESA 차량.

오 코치는 거의 초죽음이 되어 있었다.

겨우 주차장에 차를 댄 오 코치가 잔뜩 기운이 빠진 목소리를 들려줬다.

"그나마 평일이라 다행이었지, 주말이었으면 진짜 어떻게 되었을지 감도 안 잡힙니다."

"고생했다. 들어가서 한숨 푹 자라."

허 감독이 그의 등을 토닥여 줬다.

이들이 도착한 곳은 부산 해운대 근처에 위치한 작은 호텔.

렉스코와 그리 멀리 떨어져 있지도 않으며, 바다가 보인다는 점도 좋았다.

하나 구태여 해운대 근처 숙소를 고른 이유는 따로 있었다.

오 코치를 남겨둔 채 선수들만 데리고 어느 PC방으로 향한 허 감독.

그가 모습을 드러내자, 카운터를 지키던 중년 남성이 놀란 표정을 지었다.

"아니, 이게 누구야!"

"오랜만입니다, 사장님."

허 감독과 남성이 악수를 주고받았다.

이후, 선수들에게 그를 소개시켜 줬다.

"얘들아, 인사해라. 예전에 내가 신세 졌던 사장님이시다."

"안녕하세요."

허 감독과 연이 있는 PC방이 숙소 주변에 위치해 있었다. 그 때문에 허 감독은 일부러 이곳을 골랐다.

"그래, 그래. 아이고. 인상들이 하나같이 다 좋구먼! 하긴, 우리 허 감독 밑에 있으니 얼마나 좋겠어!"

"하하. 그만하세요, 사장님. 비행기 태워줘도 아무것도 안 나옵니다."

"이 사람이! 내가 언제 자네한테 뭐 바란 적 있나! 그러고 보니 이번에 결승 진출 했다고?"

"예. 안 그래도 그것 때문에 엊그제 연락드렸었죠?"

"자리 여섯 개만 마련해 달라고 했었지? 물론! 당연하지! PC방비는 걱정 안 해도 되니까 마음껏 연습하게나!"

"아니요, 비용은 지불해야죠. 이럴 때 사용하라고 팀 지원금 받는 거니까요."

꽤나 오랫동안 알고 지냈던 모양인지 대화를 나누는 데에도 어려움이 없었다.

허 감독의 인맥을 통해 임시 연습장을 확보받게 된 ESA 멤버들. 사장의 특별 배려로 여섯 좌석이 따로 칸막이로 나눠진 장소를 고정석으로 획득할 수 있게 되었다.

장비 세팅에 들어간 선수들을 바라보며 허 감독이 질문했다.

"어때. 할 만할 거 같아?"

"예. 좀 시끄럽긴 하지만, 그건 어차피 헤드셋 끼면 해결될 문제니까요. 의자도 나쁘지 않고, 모니터도 꽤 커서 마음에 듭니다."

"저도요."

"제 컴퓨터보다 사양이 더 좋은데요?"

선수들의 만족도는 허 감독이 예상했던 것보다 상회했다.

"당분간 연습은 여기서 할 거고. 개별 연습 필요하다 싶으면 사장님이 준 그 카드 가지고 알바생 보여주면 될 거다. 그러면 돈 안 줘도 돼."

"네!"

마우스와 키보드를 연결한 이후에 곧장 게임에 접속한 민허가 이들을 향해 외쳤다.

"형들, 연습 바로 시작하자."

"뭐? 벌써?"

"당연하지. 여유 부릴 때가 아니야."

시간이 아까웠다. 조금이라도 더 연습하고픈 생각으로 가득한 민허의 열정에 같은 팀원들조차 혀를 내두를 정도였다.

이것으로 연습 환경도 확보되었다.

남은 건 맹연습뿐!

'좋아. 한번 가볼까!'

민허의 손에 힘이 들어가기 시작했다.

＊　　　＊　　　＊

주말을 하루 앞둔 금요일 오전.

아침부터 부산 렉스코의 주변에는 사람들이 가득했다.

여기저기 보이는 다수의 조형물들. E 스타 행사를 위해 각 기업들이 할당된 부스를 꾸미느라 정신없었다.

그곳 한가운데를 거닐던 게임계의 여신, 이화영이 사복 차림으로 주변을 둘러봤다.

"작년보다 규모 더 커진 거 아니에요?"

"뭐, 참가 기업도 작년에 비해서 많아졌으니까. 방문객 수도 이번에는 꽤 기대하는 눈치더라."

찰칵!

사진기로 주변을 찍으며 화영의 말을 받아주는 또 다른 뿔테 안경의 여성.

게임을 전문으로 다루는 기자, 마혜진이었다.

"근데 너, 내일 촬영 있다며. 여기 돌아다녀도 되는 거야?"

사진 촬영을 잠시 멈춘 혜진이 궁금증을 표출했다.

사복 차림에도 불구하고 여전히 아름다운 미모를 뽐내던 그녀가 괜찮다며 손사래를 쳤다.

"어차피 오늘은 자유 시간이니까요. 그리고 PD님도 방송할 장소 미리 봐두는 것도 도움 많이 될 거라고 그러셨어요."

"김 PD님이?"

"아니요. 권 PD님이요."

"아, 이제 김 PD님이 안 하시지."

A 리그를 총괄하던 김영한 PD. 여력이 좀 되어 화영이 출연하는 리오 초보 성장기까지 덩달아 연출을 맡아왔었지만, A 리그 규모가 점점 커지는 바람에 후임인 권준호 PD에게 그 자리를 넘기고 김 PD는 A 리그에 집중하기로 결정되었다.

"인기 있는 게임은 2군 리그도 활성화되는 법이지. 그 점으로 따진다면, 리오는 참 대단한 게임이야."

"그러게요."

다시금 사진기를 들고 촬영에 집중하던 마혜민의 시선에 익숙한 남자의 실루엣이 들어왔다.

"어라?"

"왜 그러세요, 언니?"

"저 사람. 혹시 도백필 선수 아니야?"

그녀가 가리키는 방향으로 시선을 돌렸다.

동시에 화영이 고개를 크게 끄덕였다.

"어머, 맞네요."

"대박 찬스네!"

게임 전문 기자로서 이 기회를 놓칠 수 없었다!

스태프의 안내를 받으며 행사장 주변을 순회하던 도백필 앞을 마혜민이 가로막듯 마주 섰다.

"안녕하세요, 도백실 선수! 혹시 저, 기억하시나요?"

"음? 누구시죠?"

"퀘스트북에서 일하고 있는 마혜민 기자예요! 예전에 만났었잖아요!"

"그… 랬었나요?"

뒤따라온 화영이 속으로 혀를 찼다.

'언니, 또 거짓말하네.'

혜민이 주로 취재 대상에게 접근하는 패턴 중 하나였다.

실제로는 본 적도 없는데, 마치 예전에 본 것처럼 관계를 포장하는 것이었다.

"저번에 시간 없다고 인터뷰 짧게 했었는데, 대신에 나중에 만나면 인터뷰 다시 응해주신다고 약속까지 하셨는데. 그럼 그것도 기억 못 하시겠네요?"

"음, 제가 그런 말을 했었나 보군요."

수긍하는 태도를 보이자, 근처에 있던 이레이저 나인의 코치가 도백필을 만류했다.

"조금 있으면 비행기 탈 시간이잖냐."

"아니요. 약속을 했다면 지키는 게 인지상정이니까요."

"으음……."

제아무리 코치라 하더라도 도백필의 영향력을 생각한다면 함부로 그의 의견을 묵살할 수 없었다.

"대신 짧게 할게요."

도백필의 말을 기다린 모양인지 곧장 수첩과 펜을 꺼내 들었다.

"제 독자적인 정보에 의하면, 도백필 선수는 이번 E 스타에 참가하지 못한다고 들었는데요."

"네. 미국 대회에 초청받았거든요. 개인적으로 E 스타, 참 좋아하는데 참가 못 하게 되어서 아쉬운 마음에 잠시 들른 겁니다."

"그렇군요. 전 또 A 리그 결승전이 신경 쓰여서 오신 줄 알았어요."

"하하! 신경 쓰이긴 하죠. 요즘 핫한 그 선수도 보고 싶었고요."

"그 선수라 하심은?"

순간 혜민의 눈빛이 반짝였다.

이것은 물고 늘어져야 한다! 여성과 기자의 감이 그렇게 외치고 있었다.

"뻔하죠, 뭐."

도백필의 입꼬리가 슬며시 올라갔다.

이미 대답은 정해져 있었다.

"강민허 선수 말고 누가 있겠습니까."

강민허. 그 이름이 거론되자 마혜민의 눈에 강한 이채가 어렸다.

"그 말은 즉, 도백필 선수도 강민허 선수를 신경 쓰고 있다는 뜻으로 받아들여도 되겠죠?"

"하하, 신경 안 쓰인다면 오히려 그게 더 말이 안 되죠. 아마 저뿐만 아니라 업계 관계자들 모두가 다 그 선수를 주목하고 있지 않을까요? 물론 마 기자님도요."

"음, 그렇죠."

그녀가 몸을 담고 있는 게임 전문 웹진, 퀘스트북도 A 리그가 끝나면 강민허를 중심으로 다룬 특집 기사를 내보내려는 계획도 가지고 있었다.

만약, 며칠 뒤에 있을 A 리그 결승전에서 우승까지 한다면 특집 기사 조회수는 이미 보장된 거나 다름없었다.

"그럼 추가로 더 질문을……."

인터뷰 욕심을 내보는 혜민이었으나, 중간에 코치가 다시 입을 열었다.

"백필아."

"네, 코치님. 알고 있어요."

백필도 더 이상 시간을 할당할 수는 없었는지 혜민에게 양해를 구했다.

"죄송합니다, 마 기자님. 시간이 없어서 오늘은 여기까지 해야겠네요. 다음에 또 다시 인터뷰해 드릴게요."

"이번에는 잊지 마시고요."

"네, 알겠습니다."

마혜민의 입장에선 결코 손해는 아니었다.

어차피 공짜 인터뷰를 나눌 기회였으니까.

그렇게 도백필을 보내고 난 후, 뒤에 멀뚱히 서 있던 화영이 다가왔다.

"언니도 참 대단하세요."

"내가 뭘?"

"예전에 만났었다는 말, 거짓이잖아요."

"티 났어?"

"다른 사람들은 모르겠지만 저한테는 보여요."

"오래 알고 지낸 지인이라 그런지 매섭네."

e스포츠업계에 발을 들일 때부터 언니, 동생 하던 사이였기에 화영에게는 금세 들통날 수밖에 없었다.

"그나저나 도백필과 강민허. 재미있는 구도네."

"그래요?"

"한쪽은 이미 정점을 찍은 존재. 그리고 다른 한쪽은 이제 막 걸음마를 뗀 신인이잖아. 절대적인 챔피언과 기대주인 도전자의 대결. 어때. 드라마 같지?"

"뭐… 그렇죠."

"이거, 스토리텔링 잘만 굴리면 재미있는 이야깃거리가 나올지도 모르겠어."

수첩에 무언가를 마구 휘갈기는 혜민의 모습에 화영이 일침을 가했다.

"그렇다고 거짓 기사 같은 건 쓰지 마세요. 선수들에게 민폐니까요."

"그건 당연하지. 나, 마혜민. 기자로서 날조 같은 건 하지 않아. …다만."

"다만?"

마혜민의 입꼬리가 슬며시 위쪽으로 향했다.

"과장을 좀 덧붙일 뿐이지."

그게 그거 아닌가.

속으로 강한 태클을 걸고 싶은 화영이었으나, 그 전에 혜민이 먼저 선수를 쳤다.

"좀 이따가 ESA 연습 현장 갈 건데, 같이 갈래?"

"언니. 정식으로 촬영 허가 받고 가는 거, 맞죠?"

"얘는. 날 뭘로 보는 거니? 나, 그 정도 예의는 챙기는 여자야."

"아까 도백필 선수한테 강제 인터뷰 몰아붙이는 건 예의에 매우 어긋나는 행동이라고 생각하는데요."

"그거야 기자로서 불가피했던 거지. 아무튼 같이 가자. 어때?"

"저를 왜 데려가려고 하세요?"

"네가 강민허 선수한테 관심 있어 보이니까."

"제, 제가요?!"

당황한 나머지 목소리에 삑사리가 나고 말았다.

애써 속마음을 숨기려 했으니 거짓말을 잘 못하는 화영의 성격상 그건 불가능에 가까운 일이었다.

"그, 그런 거 아니에요! 아! 수첩에 이상한 거 적지 마요, 언니!!"

"어머, 미안. 나도 모르게 그만."

그새 민허와 화영의 스캔들 기사 제목까지 생각한 모양인지 종이 위에 자극적인 문구가 몇몇 적혀 있었다.

결국 화영의 만류로 인해 지워지고 말았지만 말이다.

"언니, 다른 사람한테 막 말하고 다니지 마세요!"

"그거야 당연하지. 대신, 연애 시작하면 그 기사는 내가 내게 해줘. 특종거리 놓치면 배 아플 거 같으니까."

"그런 관계 아니라니까요!"

이대로 마혜민 혼자서 ESA 팀 임시 연습실로 보낸다면…….

'분명 민허 씨한테 이상한 소리 할 게 분명해!'

결국 화영이 선택할 수 있는 길은 하나뿐이었다.

"알았어요. 저도 같이 갈게요."

"현명한 선택이야."

"언니 감시하러 가는 거니까 착각하지 마세요."

"그래, 그래. 알았어."

결국 이렇게 해서 화영의 강제 동행이 성사되었다.

＊　　　　＊　　　　＊

토요일 오전.

드디어 시작된 E 스타 행사! 렉스코를 찾은 게임 팬들의 열기가 부산을 후끈 달아오르게 만들 정도였다.

많은 사람들이 인산인해를 이루는 동안에도 민허와 ESA 팀원들은 PC방에서 연습에 연습을 박차고 있었다.

잠시 쉬는 시간을 틈타 진성이 아쉬움을 담은 목소리를 냈다.

"아, 나도 E 스타 가고 싶다."

하나 보석이 이의를 제기했다.

"어딜 가려고. 결승이 코앞이잖아."

"알고 있어요. 그냥 해본 말이라고요."

그렇게 말해도 여전히 진성의 얼굴에는 아쉬움이 묻어 나왔다.

보석도 E 스타보다는 연습이 우선이라고 말을 하긴 했지만, 사실 속마음은 진성과 별반 다를 바 없었다.

이들도 프로게이머이기 이전에 게임을 좋아하는 팬이다.

국내 최대 규모를 자랑하는 E 스타를 눈앞에 두고도 놀러가지 못하니 아쉬움만 쌓여갔다.

그래도 어찌하겠는가. 결승이 얼마 남지 않은 상황에서 연습을 내팽개치고 E 스타 관람을 간다는 건 말이 안 되는 행동이기도 했다.

그렇게 한참 연습에 매진하는 동안, 두 명의 미인이 PC방을 방문했다.

"아, 저기 있다."

그중 뿔테 안경을 쓴 단발의 미인이 ESA 선수들이 있는 쪽으로 향했다.

"안녕하세요! 오늘 촬영 약속 잡았던 퀘스트북의 마혜민 기자라고 하는데요……. 어머, 선수분들만 계시네."

"아, 감독님하고 코치님은 잠시 자리 비우셨어요. 곧 오실 거 같긴 합니다만."

연장자인 보석이 먼저 반응을 보였다.

선수들의 시선이 자연스레 혜민에게 고정되었다.

그러던 도중이었다.

"화영 씨도 오셨네요."

"안녕하세요, 민허 씨. 미안해요. 연락도 없이 찾아와서……."

"아닙니다. 오히려 화영 씨 얼굴 보니까 더 좋은데요, 뭘."

"그렇게 말씀해 주시니 고마워요."

훈훈한 분위기를 연출하는 두 남녀. 이들의 모습에 살짝 노처녀 히스테리가 발동될 뻔한 혜민이 평정심을 되찾으려는 듯이 헛기침을 냈다.

"어흠! 이제 슬슬 내가 말해도 될까?"

"……."

얼굴이 빨개진 채 입을 굳게 다무는 화영. 민허의 눈에는 그 모습 또한 귀여워 보였다.

하나 지금은 촬영이 우선이었다.

"간단하게 선수분들이 연습하는 모습 몇 장 찍고, 인터뷰 몇 마디 나누고 끝날 거예요. 연습 시간 많이 안 빼앗을 테니까 너무 걱정 안 하셔도 되고요."

"인터뷰는 누구누구 합니까?"

진성의 질문이었다. 어려운 질문이 아니었기에 곧장 답변을 들려줬다.

"강민허 선수, 성진성 선수, 한보석 선수. 이렇게 셋이요."

"아, 네."

"우선 사진부터 찍을게요. 너무 저 의식하지 마시고 편하게.

릴렉스하게 평소 연습하는 모습 그대로 해주세요."

말은 그렇게 해도, 카메라가 의식될 수밖에 없었다.

그래도 혜민의 말대로 최대한 자연스러운 모습을 보여주기 위해 시선은 모니터로, 양손은 각각 마우스와 키보드 위에 올려놓고 편안한 자세를 취했다.

"옳지! 좋아요. 그 느낌 그대로!"

찰칵, 찰칵!

PC방에서 좀처럼 듣기 힘든 카메라 셔터 소리가 연이어 쏟아졌다.

그러는 동안, 연습실로 돌아온 허 감독이 혜민과 화영에게 인사를 건넸다.

"오셨군요, 마 기자님. 아나운서님도 같이 오실 줄은 몰랐습니다."

"혜민 언니가… 아니, 마혜민 기자님이 같이 오자고 해서요."

"하하! 그러셨군요."

화영의 방문은 예정에 없었다. 그래도 크게 문제될 건 아니었기에 해프닝으로 가볍게 넘기는 허 감독이었다.

한편, 촬영을 마친 혜민이 그제야 허 감독과 악수를 주고받았다.

"준비는 잘되어가세요?"

"글쎄요. 잘 모르겠습니다."

"이번에 성적 되게 좋으시잖아요. 기대가 크시겠어요."

"그래도 상대가 워낙 강 팀이니 방심은 못 하겠더라고요. 아,

혹시 이레이저 나인 연습실도 다녀오신 겁니까?"

"아니요. 이다음에 가보려고요."

"그렇군요."

순간 허 감독의 눈에서 모종의 생각을 읽은 모양인지 마혜민이 먼저 입을 열었다.

"너무 걱정 마세요, 감독님. 여기서 보고 들은 건 전부 다 비밀로 할 테니까요."

"하하하, 죄송합니다. 아무래도 신경이 쓰여서요."

"괜찮아요. 그게 정상이죠. 그보다 선수들 인터뷰 진행할 건데, 근처 카페라도 가실까요?"

"그러죠. 여기는 아무래도 좀 그러니까요."

연습하기엔 좋았지만, 인터뷰를 주고받기에는 그리 좋지 않은 환경이었다.

잠시 연습을 중단하고 근처 카페로 향하는 ESA 멤버와 허 감독.

물론 화영도 함께하기로 했다. 언제 또 마혜민의 봉인된 입이 풀릴지 몰랐으니까.

*   *   *

카페를 찾은 ESA 팀 3인방.

당연한 말이지만, 무게중심은 민허에게 쏠릴 수밖에 없었다.

승자 인터뷰를 진행할 때마다 화영도 느낀 거지만, 민허는 기본적으로 말을 잘하는 타입이었다.

혜민도 실시간으로 민허의 화술이 뛰어남을 알아차렸다.

중간에 도백필에 관한 질문을 꺼내고 싶었으나, A 리그 결승전에 초점이 맞춰져 있었기에 공식적으로 그 질문을 꺼내기엔 다소 무리가 있었다.

대략 30여분 정도가 소요되었을 무렵.

혜민이 마지막 질문을 꺼냈다.

"끝으로 결승전에 임하는 각오 한마디 해주세요."

"저희 ESA를 응원해 주시는 팬분들을 위해서라도 반드시 우승할 테니 기대해 주시기 바랍니다."

민허의 마지막 말을 끝으로 모든 인터뷰를 마무리 지었다.

노트북과 수첩을 주섬주섬 챙기던 혜민이 인터뷰 소감을 들려줬다.

"강민허 선수, 말 잘하시네요. 나중에 개인 방송 같은 거 하셔도 될 거 같아요."

"개인 방송이요?"

"네. 요즘에는 프로 선수들도 인터넷 개인 방송 같은 거 하고 그러잖아요. 모르셨나요?"

"아니요. 그건 알긴 했는데……."

본인이 인터넷 방송을 해본 적은 단 한 번도 없었다.

민허를 대신해 혜민이 허 감독에게 대신 질문했다.

"ESA 팀은 선수들이 개인 방송 하는 거, 터치하거나 그런 거 안 하죠?"

"네. 오히려 권장하는 편입니다만, 저희 팀에는 화수 말고는 개인 방송을 잘 안 하더라고요."

정화수. ESA에 소속되어 있는 R 리그 프로게이머다.

민허와 그렇게까지 친한 사이는 아니었다.

그저 안면만 텄을 뿐, 심도 있는 대화를 주고받은 적은 단 한 번도 없었다.

"감독님도 저렇게 말씀하시는데, 나중에 강민허 선수도 개인 방송 한번 해보세요."

"결승전 끝나고 한번 생각해 볼게요."

모든 일정을 마치고 나온 일행들.

혜민이 허 감독과 작별 인사를 나누는 동안, 화영은 따로 민허에게 다가가 말을 붙였다.

"내일 경기, 힘내세요. 저도 무대 보면서 응원할게요."

"감사합니다. 화영 씨가 응원해 준다고 하니 힘이 나네요."

"그다음 날 약속도 기대할게요. 잊지 않으셨죠?"

"물론이죠."

잊을 리가 있겠나.

그녀에게 우승 트로피를 바치겠다고 호언장담까지 했는데, 잊으면 곤란했다.

그렇게 밀담을 마친 뒤, 화영이 다시 한번 민허에게 손을 흔들었다.

이 모습을 지켜보던 허 감독이 민허의 옆구리를 쿡쿡 찔렀다.

"연애도 좋지만, 그렇다고 연습 게을리하면 안 된다."
"그럴 리가요."
민허에게 그런 건 있을 수 없는 일이었다.

제11장
꼴찌의 반란

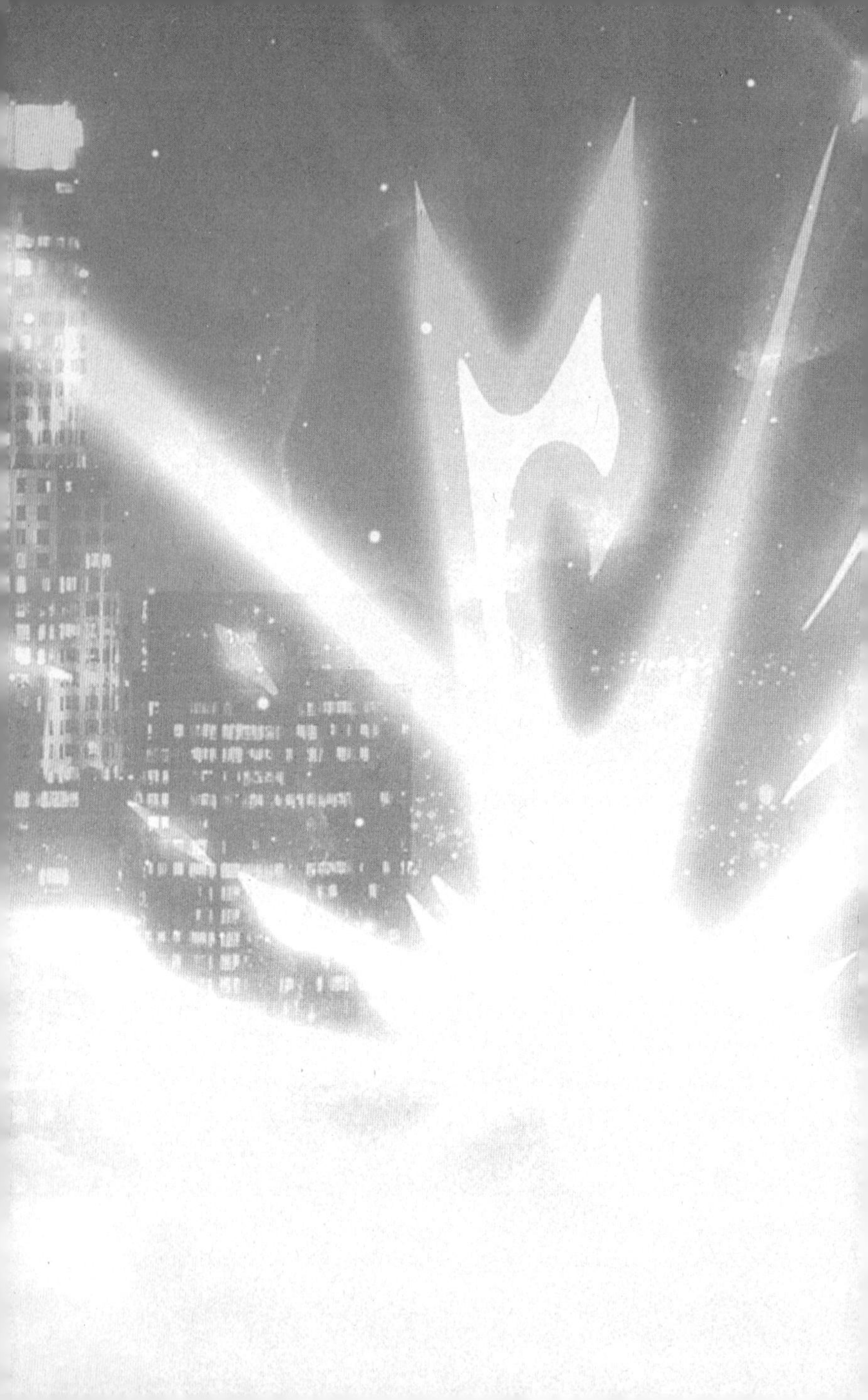

E 스타 마지막 날인 3일 차.

첫째 날, 그리고 둘째 날에 비해서 훨씬 더 많은 방문객들이 이곳 부산 렉스코 현장을 찾았다.

이유는 간단했다.

로인 이스 온라인 A 리그 결승전! 이것 하나만으로 모든 것이 설명된다.

"이게 얼마만의 결승이야……!"

오 코치가 감격스러운 목소리를 냈다.

하기야. 그동안 꼴찌 팀으로 놀림받으며 전전긍긍하지 않았던가.

그랬던 ESA가 드디어 오늘, 수많은 강팀들을 물리치고 당당히 결승전에 이름을 올렸다.

코치 입장에선 뭉클한 감동마저 느껴졌다.

물론 허 감독 역시 마찬가지였으나, 그렇다고 아직 감동에 취할 단계는 아니었다.

"김칫국 그만 마셔라. 이제부터가 중요하니까."

벌써부터 비행기 탄 기분이 되면 곤란했다. 본게임은 아직 시작도 안 했으니까.

대기실로 향하던 도중에 ESA 팀원들을 알아본 팬들이 사인 요청을 해왔다.

"강민허 선수! 사인 가능한가요?!"

"잠깐 시간 좀 내주세요!"

"꺄악!!! 강민허야, 강민허!!"

"대박! 실물이 더 잘생겼네!"

당연한 말이지만, 진성과 보석에 비해 민허의 인기가 압도적으로 높았다.

아마 A 리그 선수 중 이렇게나 많은 관심과 사랑을 받는 선수도 없었을 것이다.

"경기 준비해야 해서 좀 바쁘거든요. 사인은 나중에 결승전 경기 이기고 우승자로서 해드릴 테니 조금만 기다려 주세요."

"오오!!"

"역시 강민허!!"

"이번 경기, 꼭 이기세요!"

민허의 호기로움에 팬들이 열렬한 응원을 건넸다.

더 이상 그의 패기는 허세가 아니었다. 이미 수많은 공식전을 통해 그의 능력을 입증했다.

민허의 실력에 의문을 제기하는 사람은 없었다.

5레벨이라는 쪼렙으로 팀을 결승전까지 견인시킨 초대박 신인의 등장에 행사장이 후끈거렸다.

진행 요원이 나서서 인력을 통제하기에 이르렀다.

"잠시만요. 지나가겠습니다!"

앞에서 고군분투하며 길을 트는 데에 성공한 오 코치. 그 뒤를 따라 선수들이 무사히 대기실에 입성했다.

"어휴, 이제 살았네."

"이게 다 너 때문이잖아."

진성이 민허에게 원망 섞인 목소리를 냈다.

그 말에는 질투심도 담겨 있었다.

그래도 어쩔 수 없었다. 실제로 민허는 인기 있을 법한 요소를 잔뜩 지닌 선수였으니까.

꼴찌에서 결승전까지. 역전의 드라마의 주역은 늘 사람들의 응원을 등에 업는 법이었다.

하나 주인공으로 등극하기 위해선 마침표를 잘 찍어야 한다.

그것이 바로 A 리그 우승. 적어도 민허는 그렇게 생각하고 있었다.

유니폼으로 환복하고 메이크업을 마친 뒤, 허 감독이 선수들에게 손짓했다.

"장비 세팅하러 가기 전에 상대 팀이랑 인사 나누고 가자."

"예."

경기 치르기 전에 서로 전의를 다지는 인사를 주고받는 것
도 통과 의례 중 하나였다.

이레이저 나인 대기실을 찾은 ESA.

허 감독을 보자마자 구민창 감독이 반가움을 드러냈다.

"오! 허 감독님!"

"오랜만입니다, 감독님. 저번에 인사드린다는 걸 깜빡해서
요."

"아니요, 괜찮습니다. 제가 먼저 찾아뵐까 했었는데…… 아,
얘들아. 와서 인사해라. ESA 팀분들 오셨다.

"안녕하세요."

우르르.

역시 이레이저 나인답다고 할까. 다수의 선수들이 자리에서
일어섰다.

이쪽은 고작해야 단 세 명. 스파링 상대가 되어준 선수들을
다 합친다 하더라도 대기실에 앉아 있는 선수들의 반도 못 채
울 거 같았다.

선수들 중 익숙한 얼굴이 보였다.

조강현 선수. A 리그 팀 리더를 맡고 있으며, 탱커 포지션이
다.

"오랜만입니다."

먼저 다가와 악수를 청하는 강현의 손을 무시할 수 없었다.

대표로 보석이 그와 악수를 주고받았지만, 강현의 시선은 민

허에게 향해 있었다.

"엔트리 보니까 이번에도 같은 멤버 구성이더군요."

"저희는 라인업이 없다시피 하니까요."

허 감독이 보는 앞에서 상당히 진솔한 이야기를 스스럼없이 꺼내는 민허였다. 애초에 민허의 성격을 잘 알기에 허 감독도 그저 쓴웃음으로 가벼이 흘려들었다.

"이레이저 나인 쪽은 저번이랑 멤버가 다른 거 같던데요."

"네. 우성이하고 오연이, 이렇게 두 명하고 저. 세 명이 결승 무대에 오를 겁니다."

최우성 선수와 황오연 선수. 둘 다 처음 듣는 이름이었다.

그럴 수밖에 없었다. 아직 R 리그에 어떤 선수가 있는지조차 다 알지 못하는 민허인데 A 리그라고 별수 있을까.

본인이 현재 뛰고 있는 리그라 하더라도 민허는 딱히 A 리그에 별 관심이 없었다.

어차피 그가 노리는 건 R 리그와 개인 리그였으니까.

"얘들아."

강현이 손짓하자 우성과 오연이 한 발자국 앞으로 나왔다.

그 순간, 민허의 눈매가 날카로워졌다.

'가만. 어디서 본 적 있는 거 같은데?'

여성 프로게이머인 황오연은 처음 보는 사이였지만, 최우성 선수는 낯설지 않았다.

무의식적으로 그를 뚫어져라 의식하는 민허. 우성이 그 시선을 눈치챈 모양인지 시원스레 미소 지었다.

"우리, 어디서 본 적 있죠?"

"낯설진 않아 보이네요."

"아마 강민허 선수는 기억 못 하실 겁니다. 만난 것도 아주 잠깐이었으니까요."

"잠깐?"

"작년에 열렸던 트파 7 지역 대전. 기억하시나 모르겠군요."

"음……."

고개를 갸우뚱했다.

트파 7은 트라이얼 파이트 7의 줄임말이었다.

'그쪽에서 활동했던 선수인가.'

여전히 어디서 만났는지 잘 떠오르지 않았다.

한편, 민허의 그 반응에 오히려 최우성이 당혹감을 감추지 못했다.

"이렇게까지 말해줬는데 정말 기억 안 나요?"

"네."

"엄청 당당하시네요."

"기억 안 나는 건 안 나는 거니까요. 그보다 전 스무고개 같은 걸 별로 안 좋아하거든요. 그냥 속 시원히 말씀해 주세요."

씁쓸함을 달래듯 입맛을 다신 최우성이 결국 정답을 들려줬다.

"지역 대회 때, 강민허 선수한테 결승전에서 2 대 0으로 패배해서 2위 먹었던 게이머입니다."

"아, 그래요?"

"정말 기억 안 나셨나 보군요."

"뭐, 작은 대회는 잘 기억 안 나더라고요."

"으으음……."

민허의 한마디, 한마디가 우성의 속을 살살 긁었다.

그보다 트라이얼 파이트 7 출신 선수라니. 게다가 활동하는 무대도 A 리그. 민허와 공통점이 제법 많았다.

"그때 패배했던 설욕, 이번 결승전에서 제대로 갚아줄 테니 기대하시길."

우성의 눈에 복수심이라는 불꽃이 일렁였다.

그에게 있어선 설욕전이었다.

하지만 민허에게는 그저 결승전, 그 이상의 의미를 지니지 않았다.

그렇게 서로 인사를 마치고 돌아가던 중에 진성이 민허의 어깨를 툭툭 건드렸다.

"너, 엄청 미움받더라."

"어쩔 수 없지."

승자가 있으면 패자가 있는 법.

민허가 상대방 입장까지 고려해 줄 필요는 없었다.

물론 고려해 줄 생각도 없겠지만 말이다.

*　　　　*　　　　*

부스 안으로 들어와 최종적으로 장비 점검에 임했다.

이상 무(無).

언제 게임을 시작하든 오케이였다.

하지만 모든 일에는 순서라는 게 존재하는 법.

첫 시작은 역시 민영전 캐스터의 우렁찬 목소리를 듣는 일부 터였다.

"전국에 계신 게임 팬 여러분, 안녕하십니까!!! E 스타에서 펼쳐지는 A 리그 결승전! 진행을 맡은 캐스터 민영전입니다!"

자기소개가 끝나자마자 엄청난 함성이 들려왔다.

부스가 흔들거릴 정도였으니, 얼마나 많은 인파가 이 경기를 위해 이곳으로 모였는지 충분히 짐작할 수 있었다.

육안으로 봐도 어마어마해 보였다.

"살아생전 이런 무대에 서보는 날이 있을까 했었는데, 그게 현실로 이뤄지다니."

보석은 아직도 어안이 벙벙했다.

마치 꿈을 꾸고 있는 듯한 기분이었다.

평소에 엄청 틱틱거리던 진성조차도 잔뜩 긴장한 탓에 입을 굳게 다물고 있었다.

그때, 카메라가 ESA 부스 안쪽을 비추기 시작했다.

"형들, 포즈라도 취해주자."

"포즈는 무슨, 너 혼자 해라!"

"아직 난 좀……."

진성과 보석은 준비가 덜 된 모양인지, 아니면 부끄러움이 많은 모양인지 제안을 거절했다.

한숨을 내쉰 민허가 다음을 기약했다.

"결승전에서 이기면, 그때야말로 우승 트로피 들고 포즈 취하기. 오케이?"

"넌 왜 그렇게 포즈 취하는 걸 좋아하냐?"

"재미있잖아."

복잡할 게 뭐 있나. 즐거우면 그만이다.

한편, 이레이저 나인 선수들도 따로 포즈를 취하거나 그러진 않았다. 이들은 아마 그럴 경황이 없을 것이다.

이레이저 나인은 이미 A 리그에서 ESA에게 한 번 패한 적이 있었다. 그때 받은 정신적 대미지가 아직도 제대로 치료되지 않았을 정도였다.

그래서 이번에는 대대적인 팀원 개편을 치렀다. 팀 리더인 조강현은 그대로 놔두고, A 리그 메인 힐러인 황오연과 몇 달 전에 합류한 최우성을 전격 투입시켰다.

황오연은 충분히 나올 만한 선수였다. 안 그래도 종종 공식전에 모습을 자주 보이곤 했었으니까.

그러나 최우성은 의외의 카드였다.

그는 지금까지 단 세 번의 공식전 경기만을 가졌을 뿐이었다.

그런데 왜 하필이면 그를 기용한 걸까?

의자에 몸을 묻은 민허의 시선이 이레이저 나인 부스로 고정되었다.

'트파 7 선수 출신이란 말이지.'

같은 분야에 종사했던 게이머라곤 하지만, 동료까지는 아니었다.

같은 프로게이머 타이틀을 달고 있는 이상 서로 경쟁할 수밖에 없었으니까.

선수들이 첫 경기를 준비하는 동안, 중계석에서 최우성에 관련된 이야기로 열띤 토의가 벌어졌다.

"근데 왜 하필 최우성 선수를 내보냈을까요?"

"글쎄요. 구 감독의 용병술은 가끔 상식선에서 판단하기 힘들 때가 있어서요. 솔직히 저도 이해가 잘 안 갑니다."

해설 위원조차도 최우성의 출전 속에 담겨진 구민창 감독의 진의가 무엇인지 제대로 읽어낼 수 없었다.

분명 아무런 생각 없이 우성을 내보내지 않았을 것이다.

그건 경기가 시작되어야 알 수 있을 터.

이들의 궁금증을 해결해 주기 위함인지 곧바로 첫 세트가 막을 열었다.

*　　　　*　　　　*

이레이저 나인의 엔트리는 전사와 파이터, 그리고 힐러 클래스. 이렇게 세 명의 직업군으로 조합을 짰다.

ESA는 멤버 자체가 고정되어 있었기에 사실 분석할 것이고 뭐고 필요 없었다. 아마 적 팀의 전략 분석 싸움은 이레이저 나인이 압도적으로 유리했을 것이다.

라인업 역시 차이가 날 수밖에 없었다. 다양한 멤버로 다양한 조합을 짤 수 있는 팀이 바로 이레이저 나인이었다. 그렇기에 경기 시작 전부터 승자 예측은 이레이저 나인이 87%로 앞서갔다.

민허가 아무리 많은 활약상을 펼쳤어도 제대로 만반의 준비를 갖추고 나온 이레이저 나인을 이길 거란 생각을 하는 사람은 많지 않았다.

ESA 팀 내에서도 그런 여론이 많았다.

그래도 승부라는 건 아무도 예측하기 힘든 것 아니겠는가. 일단은 부딪치고 생각해 보면 된다.

'가볼까!'

민허가 가장 먼저 앞장섰다.

전략의 선택권은 이레이저 나인에게 있었다. 그렇기에 ESA는 상대 팀이 들고나온 전략이 무엇인지 알아내는 것이 최우선이었다.

민허 혼자서 적진을 향해 돌진했다.

그 순간 민허의 앞을 가로막는 이가 있었다.

[이레이저 나인]최우성: 어딜 그렇게 바삐 가십니까, 강민허 선수. 여기 심심한 사람 하나 있는데, 같이 좀 놀아줘요.

민허와 같은 파이터 클래스를 선택한 남자.

최우성 선수였다.

"......."

말없이 최우성 선수의 캐릭터를 응시하는 민허.

얼굴에 노골적으로 불편한 감정이 드러났다.

조강현과 황오연은 민허를 상대할 생각조차 없는지 곧장 진성과 보석이 있는 쪽으로 방향을 돌렸다.

이들의 모습을 보자마자 민허가 혀를 찼다.

'이런. 저쪽도 제대로 칼을 갈고 나왔네.'

상대방이 무슨 전략을 들고나왔는지 이제야 알 수 있을 거 같았다.

구태여 공식전 경기 경험이 많지 않은 최우성을 일부러 결승전 엔트리에 포함시킨 이유가 여기에 있었다.

강민허 전담 마크.

'어쩐지. 트파 7 출신이라고 어필할 때부터 알아차렸어야 했는데.'

격투 게임 선수들은 대체적으로 피지컬이 좋은 편이었다. 실제로 민허가 증명해 보이지 않았는가.

트라이얼 파이트 7 출신 선수로서 현재는 A 리그 개인 승률 100%를 달성하고 있는 기적을 행사하고 있었다.

그렇다면 자연스레 이런 생각을 가질 수밖에 없을 것이다.

우리도 격투 게임 출신 선수들을 기용해 볼까라고 말이다.

구민창 감독이 그 생각을 현실로 구현시켰다.

최우성을 기용함으로 인해 대강민허 스페셜리스트를 양성시킨 것이었다.

'이래서 사람들이 이레이저, 이레이저 하는구나.'

솔직히 말해서 조금 당황스러웠다.

민허가 최소 2인분, 3인분 이상을 해줘야 경기를 승리로 가져갈 수 있었다.

진성은 그렇다 치더라도 보석은 사실 결승전에서 활약할 만한 실력을 가지고 있진 않았으니까.

역량으로 따지면 그나마 진성이 1인분을 하는 것 정도에 불과했다. 이 상황에서 민허를 맨투맨으로 마크시켜 활동 범위를 축소화시키는 건 ESA에게 치명타였다.

민허를 이기진 못한다 하더라도 그를 상대로 시간만 계속 끌어줘도 큰 득이었다.

구민창 감독이 바라는 게 바로 그것이다.

최우성도 그걸 잘 알고 있었다.

대치 상황이 벌어지자마자 공용 채팅창에 메시지 하나가 갱신되었다.

[이레이저 나인]최우성: 같은 격투 게임 출신 선수끼리 한번 붙어봅시다.

노골적인 도발에 관중석에서 열화와 같은 함성이 쏟아지기 시작했다.

관중들은 이런 자극적인 것들을 좋아한다. 조 지명식의 경우에도 틀에 박힌 평범한 말을 들려주는 선수보다 수위가 센

도발을 서슴지 않는 선수들이 자주 팬들 사이에서 거론되는 것과 같은 맥락이었다.

그리고 본래 이런 도발성 플레이는 민허의 전매특허 아니겠는가. 그런 민허에게 감히 이런 도발을 걸어오다니. 가만히 넘어갈 수 없었다.

'이러면 상대방 전략에 넘어가는 꼴인데.'

알고 있었다.

하나 알면서도 당할 수밖에 없었다. 왜냐하면 계속 뿌리치려 해봤자 최우성은 반드시 민허 하나만을 노리고 끝까지 따라올 테니까.

안 봐도 비디오였다.

그렇다면 답은 하나뿐이었다.

'형들이 잘 버텨줘야 할 텐데.'

*　　　　*　　　　*

민허와 우성의 대치 상황을 보자마자 진성과 보석 역시 상대방이 결승전에 들고 온 전략이 무엇인지 쉽게 감 잡을 수 있었다.

"우리한테 상극인 전략이네."

"그러게."

보석의 의견에 격한 공감을 표할 수밖에 없었다.

민허의 발이 묶이게 되면 경기를 어떻게 풀어가란 말인가.

위압적인 걸음으로 이들을 향해 천천히 접근하는 조강현 선수의 캐릭터. 진성 역시 검을 빼어 들었다.

"형, 버프 걸어줘."

말이 끝나자마자 곧장 버프들이 진성에게 집중되었다.

하나 상대방 역시 가만있지 않았다.

조강현 또한 오연의 버프를 등에 업기 시작했다.

양자 간의 버프 싸움. 객관적으로 본다면 이레이저 나인의 승리였다.

왜냐하면 황오연은 힐과 버프를 전문으로 다루는 포지션이었기 때문이었다.

반면, 보석은 버프와 원거리 공격을 주로 하는 캐릭터다. 어중간한 포지션이었기에 버프 싸움으로 붙는다면 이레이저 나인 쪽이 압도적일 수밖에 없었다.

그래도 해내야 한다.

'강민허 원 맨 팀이 아니라는 걸 증명해 주마!'

강한 결의를 품으며 빠르게 돌진하는 진성.

조강현 역시 정면 대결을 피할 생각이 없는 모양인지 같은 방향으로 마주 달려갔다.

까아앙!!!

두 전사들의 검이 맞부딪쳤다.

기량이라든지 실력은 조강현에 비해 부족할지도 몰랐다.

하지만.

"자신감 하나만큼은 뒤지지 않는다고!!!"

회피 없이 그대로 조강현을 밀어붙였다.

근력 스탯은 진성의 캐릭터가 더 높은 모양인지 점점 뒤로 밀리기 시작했다.

애초에 조강현의 포지션은 탱커였다. 근력보다 HP, 방어력 스탯에 집중적으로 투자했다.

하나 진성은 달랐다. 공격형 근접 전사였기에 공격력은 조강현을 웃돌았다.

이 점을 이용할 필요가 있었다.

그간 민허와 수도 없이 연습해 오지 않았는가.

물론 민허는 스탯과 템발로 극복할 수 있을 만큼 호락호락한 녀석이 아니었다.

반대로 생각하면 이런 결과가 나온다.

적어도 A 리그에서 민허보다 강한 녀석은 없다.

눈앞의 조강현도 마찬가지.

그렇다면 이 게임도 나름 할 만하지 않을까.

타다닥! 탁!

마우스로 시점을 돌린 뒤 키보드로 백스텝 단축키를 눌렀다.

순간적으로 뒤로 두세 걸음 물러선 진성의 캐릭터.

이윽고 곧장 자세를 취했다.

"이런!"

순간 조강현의 표정이 어두워졌다.

진성이 공격 스킬을 발동시키기 전에 방패를 이용한 스턴기로 캐스팅을 취소시키려 했다.

계산은 완벽했다.

이 타이밍에 스턴기를 먹이면 캐스팅을 취소시키는 것도 가능할 것 같았다.

하나 그건 보석의 캐스팅 속도 버프가 있기 전의 계산에 불과했다.

"이거나 먹어라!!"

스턴기가 들어가기 전에 진성의 공격 스킬이 먼저 발동되었다.

[섬광 베기]
[물리 공격력: 700]
[쿨타임: 20초]
[검사 전용 스킬]
[적중 시 적에게 경직 효과를 발동시킨다.]

대미지가 무서운 게 아니었다.

섬광 베기의 진정한 가치는 바로 상태 이상 효과, 경직에 있었다.

"큭!!"

스턴기를 넣을 생각에 미처 회피할 생각조차 하지 못했다.

결국 공격을 허용해 버린 조강현. 그의 캐릭터 주변에 스파크가 머물렀다.

"아직 안 끝났어!"

들고 있던 중형 방패를 들어 올린 채 조강현에게 돌진했다.

경직으로 움직임이 잠시 멈춘 틈을 타 노린 빠른 일격이었다.

이번에도 마찬가지로 그렇게 높지 않은 대미지를 지닌 공격 스킬이었지만, 두 번 연속 정통으로 맞으니 꽤 아팠다.

비록 탱 포지션이라 하더라도 HP가 무한으로 있는 건 아니었다.

"오연아! 힐!"

"네!"

조강현의 다급한 목소리에 오연이 곧장 반응을 보였다.

대량으로 HP를 회복시킬 수 있는 힐 마법을 준비했다. 하나 보석이 이를 가만히 놔두지 않았다.

"어딜!!"

보석이 아이스 스피어 마법을 발동시켰다.

슈슈슈슉!

날카로운 얼음 창이 오연의 캐릭터에게 쏟아졌다.

못 피할 만한 거리는 아니었지만, 이동할 경우에는 캐스팅이 취소된다.

어쩔 수 없이 캐스팅을 포기하고 회피 동작에 들어갔다. 여기서 오연이 아웃당하면 정말로 뒤가 없었기 때문이었다.

이런 패턴이 한 번으로 끝나면 그렇게까지 큰 피해는 아니었다. 하나 주기적으로 반복된다면, 그건 곧 팀의 패배로 직결되는 원인이 된다.

터어엉!!!

진성의 마지막 방패치기 일격에 조강현의 캐릭터가 무기력하게 쓰러졌다.

"마무리다!!!"

진성이 검 끝을 세워 그대로 찔러 넣었다. 동시에 조강현의 아웃이 선언되었다.

한 명 아웃시킨 것으로 기뻐할 틈이 없었다.

검을 거둬들이자마자 다음 타겟인 힐러, 황오연 선수에게 일격을 날렸다.

한보석 한 명만으로도 힘겨워했던 오연이었기에 두 사람의 협공을 버텨낼 재간이 없었다.

황오연까지 아웃 선언을 당하자, 흐름은 순식간에 ESA 쪽으로 흘렀다.

"민허야! 두 명 아웃시켰다!"

"나이스 플레이! 잘했어, 형들."

칭찬해 주지 않을 수가 없었다.

여태 강민허 원 맨 팀이라 불리던 ESA A 리그 팀 아니었는가. 하나 진성의 검이 이러한 여론을 두 동강으로 갈라 버렸다.

더 이상 강민허 원 맨 팀이 아니었다.

중계진 역시 이를 인정할 수밖에 없었다.

"성진성 선수!! 기어코 대형 사고를 치는군요!!"

"저 선수가 저렇게 뛰어난 실력을 지니고 있었나요?! 지금까지 성진성 선수가 가진 공식전을 전부 다 봤었던 저였지만, 이건 참으로 놀랍네요!"

"성진성 선수도 그렇지만, 한보석 선수도 적재적소에 힐 들어가는 걸 잘 차단해 줬습니다. A 리그에서 좀처럼 보기 힘든 슈퍼 플레이가 아닐까 싶습니다!"

파훼법이 많이 나올 수 있음에도 불구하고 일부러 고정 멤버 3명을 계속 공식전에 내보낸 허 감독의 전략이 빛을 본 셈이었다.

물론 그 중심에는 민허의 피지컬이 밑바탕 되었지만 말이다.

순식간에 두 명의 팀원을 잃게 된 최우성. 아직 민허와 제대로 맞붙지도 못했는데, 벌써부터 안 좋은 소식이 들려왔다.

"어쩔 수 없구먼. 아쉽지만, 다음 경기를 위해선 이게 좋겠지."

최우성이 키보드 위에 손을 올렸다.

이윽고 채팅창에 알파벳 두 글자가 입력되었다.

[이레이저 나인]최우성: GG

멀쩡히 살아 있음에도 GG 선언을 해버린 것이다.

"너, 무슨 짓이냐!"

조강현이 화들짝 놀라 외쳤다. 하나 우성은 오히려 이게 당연하다는 식으로 대답했다.

"저 혼자 살아 있어봤자 의미 없잖아요. 혼자서 역전은 불가능합니다. 형도 알잖아요."

"안다 하더라도 프로인 이상, 끝까지 포기하지 않고 경기하는 게 올바른 자세 아니냐."

"기운만 빼는 행동이에요. 다음 경기를 생각합시다. 네?"

"……"

현실적으로 생각한다면 우성의 말이 맞을지도 몰랐다.

그러나 조강현은 그의 태도가 마음에 들지 않았다.

결승전을 위해 연습 경기를 할 때에도 우성은 쉽게 포기해 버리는 모습을 자주 보여줬다.

조강현과 상극인 타입이었다.

그래도 여기서 팀원 간의 불화를 일으키면 안 될 일이었다. 참고 넘어가야 하는 게 리더로서 해야 할 도리라 생각한 모양인지 이내 입을 닫았다.

그렇게 이레이저 나인은 허무하게 1세트를 내주고 말았다.

*　　　　　*　　　　　*

빠른 경기 준비 이후 바로 시작된 2세트.

이레이저 나인은 앞서 마찬가지로 같은 전략을 들고 왔다.

최우성이 민허를 집중 마크.

나머지 팀원들이 각각 2 대 2 구도로 대치하고 있었다.

달라진 점이 있다면, 조강현과 황오연의 경기에 임하는 자세였다.

"최대한 수비적으로 가자."

"네, 알았어요."

대형 방패를 든 채 처음부터 수비적인 자세로 나오는 조강현이었다. 그 모습에 진성이 거칠게 마우스를 매만졌다.

빈틈이 보이는 대로 바로 공격을 시도하려 했지만, 조강현의 방패는 생각보다 단단했다.

거기에 더해 진성이 공격에 실패할 때마다 틈틈이 반격을 가해 대미지를 누적시켰다.

계속 수비만 했다간 이길 수 없다는 걸 조강현도 잘 알고 있었기 때문이었다.

조강현이 본격적으로 본인의 스타일을 앞세워 나서기 시작했다면, 제아무리 진성이라 하더라도 고전할 수밖에 없었다.

"어쩐다."

점점 안달이 나기 시작한 모양인지 진성이 앓는 소리를 냈다.

그때, 전반적인 상황을 예의 주시 하던 민허가 마침내 입을 열었다.

"내가 해결할게."

만년 꼴찌 팀을 결승전까지 올려놓은 승리의 주역.

해결사라 불리는 남자, 강민허가 마침내 결단의 칼을 뽑아 들었다.

대치 구도는 1세트와 같았다.

최우성이 민허를 전담 마크. 나머지는 2 대 2 구도였다.

이레이저 나인의 전략에 오 코치가 고개를 절레절레 흔들었다.

"저렇게 나오면 답도 없는데……."

1세트를 ESA가 가져왔다 하더라도 순수하게 기뻐할 수 없었다.

상대 팀은 애초에 모든 관심이 민허에게 집중되어 있었다. 그 틈을 노려 진성이 일시적으로 대활약을 펼쳤을 뿐. 조강현이 저렇게 노골적으로 진성을 경계하고 나오면 1세트와 같은 결과가 되풀이될 일은 없었다.

희망적으로 보이진 않았다.

그래도 할 수 있는 만큼은 해야 하지 않겠는가.

"걱정하지 마라. 잘 풀릴 거야."

허 감독이 호언장담하듯 말했다. 그러자 오 코치의 얼굴이 밝아졌다.

그에게 뭔가 좋은 아이디어라도 있는 건 아닐까?

하나 들려온 대답은 오 코치를 만족시키기에 한없이 부족했다.

"민허가 알아서 하겠지, 뭐."

"……."

감독마저 민허의 피지컬에 의존할 수밖에 없었다.

이래서 원 맨 팀 소리를 듣는 거다.

　　　　　*　　　　　*　　　　　*

　최우성의 파이터 캐릭터가 자세를 잡았다.

　주 무기는 너클. 민허와 같은 계열의 무기를 다뤘다.

　'일부러 날 의식한 것일지도 몰라.'

　우성은 민허에게 열등감을 가졌다. 서로 대화 몇 마디 나눈 것에 불과했지만, 민허는 딱 봐도 알 수 있었다.

　왜냐하면 지금까지 최우성 같은 선수들을 많이 봐왔으니까.

　트라이얼 파이트 7 선수로 활동할 당시, 민허는 지금처럼 신인으로 분류되던 선수였다.

　반면, 최우성은 나름 준수한 성적을 꾸준히 유지하면서 이름을 올렸던 게이머였다. 그런 와중에 민허에게 결승전에서 완패를 당했다.

　지역 대회뿐만이 아니었다. 국내를 포함해서 해외까지. 메이저급 대회에서 민허와 만날 때마다 그는 탈락의 고배를 마셨다.

　그러니 앙금이 쌓일 수밖에 없었다.

　물론 민허는 이러한 사실을 전혀 몰랐다. 그저 우성의 얼굴 표정과 행동, 말투로 대충 그런 부류겠거니 하고 유추했을 뿐이었다.

　이런 경우가 민허에게는 허다했다.

　그래서 내성도 제법 있었다.

"어디, 쇼맨십 좀 해볼까."

마우스 위에 올라가 있던 손을 거둬들여 키보드를 두드렸다.

[ESA]강민허: 저랑 1 대 1하고 싶죠?

우성의 시선이 민허의 채팅 문구로 집중되었다.

그야 말할 가치도 없는 거 아닌가.

[이레이저 나인]최우성: 두말할 필요 없죠. 이건 저한테 있어서 설욕전이니까요.

[ESA]강민허: 설욕 가능하다고 생각하십니까?

민허의 도발에 관중들이 다시금 환호를 보내기 시작했다.

도발은 민허의 전매특허. 1세트에서 당한 걸 이번 세트에서 고스란히 돌려준 셈이었다.

순간 우성의 표정이 삽시간에 일그러졌지만, 그래도 평정심을 찾으러 노력했다.

"채팅 칠 시간도 없게 만들어주지!"

대답 대신 선제공격을 선택했다.

우성의 파이터 캐릭터가 오른손을 뻗었다.

로켓 펀치. 높은 대미지를 가할 수 있는 화속성 물리 공격 스킬이었다.

타겟팅 스킬이었기 때문에 회피는 불가능했다.

가드 커맨드를 입력하자, 라울이 두 팔을 교차시키며 우성의 로켓 펀치를 정면으로 받아들였다.

쾅쾅쾅!!

폭발 효과가 발생했지만, 보기와는 다르게 대미지는 그리 크게 입지 않았다.

가드 효과 때문이었다.

대미지를 기하급수적으로 반감시켜 주는 가드 스킬. 모든 대미지를 다 방어할 수는 없지만, 그래도 정통으로 맞는 것보다야 나았다.

가드에 성공하자마자 민허가 곧장 반격에 나섰다.

정권 찌르기 스킬이 작렬했다. 속성 공격 효과는 없지만, 물리 대미지가 제법 되는 강력한 공격 스킬이었다.

하나 민허의 반격을 예상한 모양인지 우성 역시 가드 공격으로 막아냈다.

A 리그에서 방금 보여준 민허의 이 패턴을 완벽하게 회피, 방어해 낸 선수는 여태까지 없었다. 최우성이 처음이었다.

"확실히 피지컬은 남달라."

하나 피지컬이 모든 것을 해결해 주진 않는다.

중요한 게 더 있다.

바로 판단력!

'어디, 다음 패턴 한번 볼까?'

뒤로 살짝 물러선 뒤, 패트럴 킥 스킬을 시전했다.

라울의 오른발이 전방을 향해 매섭게 뻗어 나갔다. 타겟팅 스킬은 아니었다. 엄밀히 말하면 논 타겟팅이었다.

그럼에도 불구하고 우성은 피할 생각을 하지 않았다.

회피 대신 가드를 선택한 우성. 곧이어 민허가 또 다시 논 타 겟팅 스킬을 날렸다.

2연속 공격. 하나 우성은 이번에도 방어를 택했다.

'그럴 줄 알았어.'

전방을 향해 빠르게 치고나간 라울이 세 번째 공격을 감행 했다.

이번에도 비슷한 부류의 공격이 들어올 거라 예상했던 우성 이었으나, 그건 민허의 트릭이었다.

오른손을 뻗은 라울이 그대로 상대편 캐릭터의 뒤로 빠르게 들어가 허리를 낚아챘다!

[수플렉스]

[물리 공격력: 500]

[쿨타임: 10초]

[파이터 전용 스킬]

[인간 형태, 혹은 소형, 중형 몬스터를 잡아 대미지를 가한다.]

[가드 불능.]

분명 타격 형태를 지닌 공격 스킬이 들어올 거라 예상했었 다.

그러나 민허의 선택은 수플렉스. 가드가 불가능한 공격 스킬이었다.

뒤를 빼앗긴 라울이 그대로 우성을 바닥으로 냅다 꽂아버렸다!

쿠우웅!!

기본 스킬임에도 불구하고 적지 않은 대미지가 들어왔다.

민허가 수플렉스 스킬에 많은 투자를 했음을 뜻했다.

격투 게임에는 잡기라는 스킬이 존재한다. 상대편이 가드만 주구장창 할 때, 틈을 노려 잡기를 걸면 가드를 풀과 동시에 대미지까지 가할 수 있다. 좋은 스킬임에 틀림없었다.

그러나 그것을 여기에서 사용할 줄이야. 사용하기 어려운 스킬이었기에 반격기 다음으로 안 쓰이는 스킬이 바로 잡기 부류였다.

"이런 미친 녀석을 봤나!!"

우성이 평정심을 잃었다.

민허는 로인 이스 온라인을 정말로 격투 게임 하듯이 플레이하고 있었다.

그가 일부러 5레벨을 고집하는 이유도 여기에 있었다.

라울에 100% 가까운 캐릭터를 만든다. 이것만 있으면 민허는 무적이다.

그래서 그는 남들처럼 아이템, 레벨, 스탯에 욕심을 낼 필요가 없었다.

오로지 라울이라는 캐릭터를 100% 구현해 내는 데에 모든 관심과 에너지를 쏟았다.

라울을 다루는 민허는 최강이라 불러도 손색이 없을 정도였다.

그 누구에게도 지지 않는다! 설령 상대가 최우성이라 하더라도!

바로 자세를 잡은 최우성에게 민허가 또 다시 공격을 걸어왔다.

오른손을 내뻗는 모션. 그것을 보자마자 최우성이 회피 커맨드를 입력했다.

'이번에도 수플렉스다!'

그러나 그건 착각에 불과했다.

오른손 이후 뒤로 돌아가는 패턴. 그것이 수플렉스 모션이었다.

하나 돌아가는 패턴이 없었다. 대신, 오른손에 스파크가 일렁였다.

"설마!!"

파지직! 스파크가 라울의 주먹을 감싸듯 형성됐다.

라이트닝 어퍼. 공중 콤보 연계기로 이어질 수 있는 좋은 스킬이었다.

터엉!!

최우성의 캐릭터가 공중에 붕 떴다.

민허가 이 틈을 놓칠 리 없었다.

곧바로 10단 콤보 커맨드를 입력했다. 이 역시 트라이얼 파이트 7 시절의 라울이 지닌 폭딜 기술 중 하나였다.

파박! 꽉! 퍼버벅!

오른손, 왼손, 마무리로 강한 발차기 한 방까지!

모든 게 실수 없이 완벽하게 들어갔다.

5레벨임에도 불구하고 묵직한 공격들을 여러 번 적중시켰다. 결국 최우성의 캐릭터가 힘을 잃고서 쓰러졌다.

또 다시 민허에게 완패당했다.

"저 개새끼가!!!"

거친 욕설을 내뱉는 우성이었지만, 그렇다고 승부 결과가 달라지는 건 아니었다.

별다른 피해 없이 완벽하게 승리를 쟁취한 민허가 빠르게 장소를 이탈했다.

목표는 조강현과 황오연.

민허의 합류 덕분일까. 진성과 보석의 얼굴에 웃음꽃이 피었다.

"고생했다, 민허야."

"지금부터 시작인데, 뭘."

노골적으로 자신감을 드러내듯 민허가 최전방 포지션에 위치했다.

5레벨임에도 어찌 저리 위풍당당하게 보일까.

ESA 3인방과 정면 대치하던 조강현이 혼잣말을 내뱉었다.

"이번 세트도 글렀군."

*　　　*　　　*

　나름 접전을 펼쳤지만, 민허가 합류한 이후로 기세는 급격하게 ESA쪽으로 기울었다.

　결국 세트 스코어는 2 대 0으로 변동했다.

　우승까지 남은 경기는 단 하나! 승리를 목전에 두고 있음에도 불구하고 ESA 부스는 여전히 긴장감을 유지했다.

　상대는 이레이저 나인. 방심은 절대 금물이다.

　"자, 마지막까지 힘내자! 파이팅!"

　오 코치가 선수들에게 기운을 복돋아줬다. 그러는 동안, 허 감독이 민허에게 조용히 다가갔다.

　"마지막까지 고생 좀 부탁하마."

　"네. 걱정하지 마세요. 좀 있다가 감독님한테 트로피 안겨 드릴 테니까요."

　"그래, 기대하마."

　감독으로서 우승 트로피를 거머쥔 적이 언제였을까. 기억이 가물가물했다.

　솔직히 이번 리그도 포기했었다. 그러나 강민허라는 존재가 등장함으로 인해 허 감독은 다시금 꿈을 꿀 수 있게 되었다.

　우승이라는 이름의 꿈이 곧 현실이 될지도 몰랐다.

　두근거림은 비단 선수들만 느끼는 게 아니었다.

　오 코치도. 허 감독도. 그리고 ESA의 우승을 기원하는 팬들도!

　이들의 염원이 세 사람의 어깨에 달려 있었다.

한편, ESA와 다르게 이레이저 나인은 침체된 분위기였다.

그중에서도 가장 격한 감정을 드러내는 건 최우성이었다.

"강민허! 저 새끼한테 또⋯⋯!"

"아서라. 멘탈 잡아. 곧 경기 시작하니까."

조강현이 최대한 팀원들의 멘탈을 챙겨주려고 했으나, 최우성을 지배하는 건 이성보다 본능이었다.

어떻게든 강민허만큼은 쓰러뜨린다!

그 욕심이 여과 없이 전해졌다.

그렇게 상반된 분위기 속에서 시작된 3세트.

조강현은 좋지 않은 예감을 지울 수 없었다.

*　　　　*　　　　*

3세트 시작과 동시에 우성이 먼저 앞으로 튀어나갔다.

그의 플레이에 오연이 인상을 구겼다.

"오빠. 뭐라고 좀 해야 하는 거 아니에요?"

"됐다. 어차피 저게 녀석의 역할이니까."

그가 민허만 전담 마크 해주면 된다. 그것이 최우성을 이번 경기에 참가시킨 가장 큰 이유였다.

민허를 마크하기 위해 뽑은 스페셜리스트. 시도는 좋았으나, 한 가지 치명적인 약점이 있었다.

바로 공식전 경기가 얼마 되지 않는다는 점이었다.

그 때문에 감정 컨트롤을 제대로 할 수 없었다. 조강현도 그걸 잘 알기에 반은 포기하는 심정으로 그를 방치했다.

민허 입장에서도 좋았다.

알아서 각개격파당하러 자처해서 오는 셈이었으니까.

이번에는 채팅이고 뭐고 없었다. 선제공격을 가하기 위해 움직이는 최우성. 이번에는 공격의 주도권을 자기가 끝까지 유지하려는 의도였다.

그러나 민허가 그걸 가만히 놔둘 이유는 없었다.

캐스팅과 쿨타임 시간이 가장 짧은 기본기 스킬로 먼저 선공을 가했다. 민허와의 스킬 시전 시간 싸움에서 진 덕분에 본의 아니게 강제 수비 모드로 들어갔다.

그것을 포착하는 순간, 라울이 또 다시 오른손을 뻗었다.

'어퍼? 아니면 잡기?!'

죽음의 이지선다!

라이트닝 어퍼와 수플렉스, 두 기술의 첫 발동 모션은 동일했다.

육안으로 봤을 때, 그다음 스킬이 뭐가 될지 예측하기 쉽지 않았다.

이 상황은 우성에게 낯설지 않았다.

'트파 때랑 똑같아!'

이지선다형 심리전은 격투 게임에서 주로 나오는 패턴이었다.

지금 민허와 우성은 로인 이스 온라인을 하는 게 아니었다.

마치……

트라이얼 파이트 7의 재림을 보는 듯했다.

그런 느낌을 받았을 때, 우성은 잠시 잊었던 진실에 눈을 떴다.

강민허.

그는 트라이얼 파이트 7에서 대적할 자 없는 세계 챔피언이라는 사실을.

'침착하자, 어차피 확률은 2분의 1이야!'

이지선다였기에 모 아니면 도였다.

수플렉스일 거라는 생각이 들어 회피보다 가드를 택했다. 그러나 불행하게도 예상은 빗나갔다.

터엉!

라이트닝 어퍼가 작렬했다!

여지없이 공중으로 떠오르는 우성의 캐릭터. 분명 민허보다 레벨도 높고 스탯도 높은데, 지금 이 순간만큼은 한없이 약해 보였다.

기회를 포착한 민허가 빠르게 콤보 커맨드를 입력했다. 여태 그가 보여준 콤보 성공률은 100%였다. 제발 콤보가 실패하기를 기도하는 건 덧없는 행동이었다.

이번에도 여지없이 깔끔한 콤보가 이어졌다. 순식간에 떨어지는 HP. 덩달아 우성도 표정을 구겼다.

"힐러! 체력 좀 채워줘!"

"뭐?! 안 돼! 거리가 너무 멀어! 네가 사정 범위까지 와!"

힐을 요청해 봤지만 시전 사거리를 이유로 거절당했다. 하기야. 민허와 우성은 현재 일행들과 동떨어져 있는 상태였다.

힐을 받기 위해서라도 오연이 있는 곳까지 이동해야 했다.

그러나 민허가 그걸 가만히 놔둘 리가 없었다.

'어림없지!'

이동의 낌새가 보이자마자 민허가 빠르게 접근을 시도했다.

"눈치챘나?!"

이동을 포기한 우성이 바로 가드 자세를 취했다.

퍼어억!!

아슬아슬하게 공격을 막아냈다. 조금만 늦었더라면 분명 아웃당했을 것이다.

그 정도로 HP 상황이 좋지 않았다.

자존심 구길 만한 일이었다. 남자다운 대결을 포기하고 먼저 힐을 받으러 뒤를 보이는 자신의 처지가 마음에 안 들었다.

'그래, 아직 기회는 있어!'

결국 힐 받기를 포기한 우성이 다시 공격 자세를 취했다.

그에게도 아직 희망은 있었다.

'어차피 저 녀석 레벨은 5밖에 안 돼! 몇 번 때리다 보면 금방 죽겠지!'

그게 민허의 약점이라면 약점이었다.

쪼렙이라는 치명적인 단점. 게다가 아직 민허가 생각하는 아이템 세팅조차 완성되어 있지 않았다.

미완성된 라울. 어쩌면 우성에겐 지금이 위기가 아닌 절호의 기회일지도 몰랐다.

긍정적인 생각을 애써 끌어 올렸다.

게임은 자신감이다.

자신감이 있고 없고에 따라 승패가 달라지는 경우가 자주 발생한다.

우성도 나름 프로게이머 생활을 오래 해왔기 때문에 잘 알고 있었다.

특히나 격투 게임에선 그러한 요소가 더 크게 작용했다.

'자신감 있게 가자, 자신감 있게!'

기세 싸움에서 지면 경기를 그르치는 것과 같다.

억지로 텐션을 끌어 올리며 앞으로 박차고 나갔다.

그의 움직임이 달라짐을 확인한 민허였으나, 당황보다 기쁨이라는 감정이 풍겼다.

"옳지, 옳지. 그렇게 나와야지!"

이제는 오히려 우성과의 1 대 1을 즐기는 경기에 이르렀다.

아니, 오히려 이런 구도가 나와야 한다. 그래야 ESA가 이길 수 있을 테니까.

이번에도 민허가 먼저 선제공격을 가했다.

여전히 수플렉스인지 라이트닝 어퍼인지 구분하기 쉽지 않은 모션이었다.

결국은 확률 싸움이었다.

'아까 라이트닝 어퍼였으니, 이제는 수플렉스겠지!'

한번 했던 패턴은 재활용 안 하려고 하는 게 보통 사람의 심리였다.

결국 회피를 선택했다.

하나 민허는 달랐다.

터엉!

'또 어퍼라고?!'

큰일이었다. 이번 공격은 치명적이다.

HP가 바닥을 보이는 상황에서 어퍼라니. 라이트닝 어퍼라는 기술 자체가 무서운 게 아니라, 연계기로 사용되는 콤보가 무서웠다.

이렇게 된 이상, 민허가 콤보를 실패하기만을 기원하는 수밖에 없었다.

그러나 그건 있을 수 없는 일이었다.

우성의 캐릭터가 힘없이 바닥에 쓰러졌다.

그때, 민영전 캐스터의 목소리에 힘이 실렸다.

"아웃입니다!!! 최우성 선수, 아웃당했습니다!!"

"이레이저, 큰일 났네요! 3 대 2를 어떻게 극복합니까?!"

이들의 말대로였다.

강민허 한 명도 감당하기 힘든데, 여기에 더해 진성과 보석까지 상대해야 했다.

게다가 두 사람도 더 이상 민허에게 업혀가는 짐짝이 아니었다. 이제는 당당하게 1인분을 소화할 수 있는 선수로 거듭났다.

ESA. 더 이상 약 팀이 아니었다.

이들 한 명, 한 명이 최정예다!

"일 났군……."

조강현이 입술을 잘근 깨물었다.

솔직히 말해서 승산은 없었다. 우성이 아웃당한 시점에서 답은 보이지 않았다.

그래도 그는 포기할 생각은 추호도 없었다.

조금의 희망이라도 있을 때, HP가 단 1이라도 남아 있는 한 마지막에 마지막까지 발버둥치고 싶었다.

방패를 추켜올린 조강현의 얼굴에 비장함이 감돌았다.

"덤벼보시지, 최강의 꼴찌들아."

*　　　*　　　*

작정하고 수비 태세를 갖춘 조강현과 황오연.

그의 방패를 깨부술 수 있는 방법은 여러가지였다.

"진성이 형, 부탁해도 되겠지?"

"나한테 맡겨라, 짜식아!"

진성이 호기롭게 외쳤다.

조강현이 엔트리에 포함되어 있다는 것을 확인했을 때, 진성이 필사적으로 연습했던 게 하나 있었다.

방패를 가볍게 들어 올린 뒤, 조강현을 향해 돌진했다.

이윽고 스킬 커맨드를 입력했다.

[가드 크러쉬]

[쿨타임: 10초]

[전사 전용 스킬]

[상대방의 가드 스킬을 캔슬시키고 2초 동안 스턴 효과를 발동한다.]

[방패 착용 시 사용 가능.]

대탱커 전용 스킬인 가드 크러쉬. 가드를 박살 냄과 동시에 스턴까지 먹일 수 있는 최고의 기본 스킬 중 하나였다.

진성의 방패가 정확히 조강현의 방패를 위로 쳐올렸다!

쫘아앙!!

굉음과 함께 가드 자세가 풀렸다. 동시에 조강현의 캐릭터 머리 위에 노란색의 별 3개가 맴돌기 시작했다.

스턴 효과가 발동되었을 때 등장하는 연출이었다.

"젠장!"

조강현의 손놀림이 다급해졌다.

하나 스턴에 걸렸을 때, 자력으로 풀 수 있는 방법은 없었다.

상태 이상 효과 해제 아이템을 사용하면 되지만, 불행하게도 PvP는 아이템 사용 금지 규칙이 적용되어 있었다.

"오빠, 치료해 드릴게요!"

힐러인 황오연이 곧장 캐스팅에 들어갔으나, 보석이 그것을 막아섰다.

스턴에 걸린 조강현은 민허의 좋은 먹잇감이었다.

퍼억!!

라울의 붕권이 작렬했다!

이어지는 진성의 연계기까지!

그나마 탱커라 버텼지, 아니었으면 이미 아웃당하고도 남았을 것이다.

뒤늦게 스턴이 풀리긴 했지만, 이미 HP는 회복 불가였다.

더 이상 오연의 힐도 기대할 수 없었다. 이미 보석이 전담 마크에 나섰기 때문이었다.

그래도 포기할 순 없었다.

아니, 포기하고 싶지 않았다!

"어떻게 올라온 결승전인데!! 여기서 당하기만 할 쏘냐!!!"

부스 내에 가득 울리는 조강현의 외침에 고개를 푹 숙이고 있던 최우성의 몸이 전율했다.

그는 승산이 없는 게임이 있다면 구차하게 물고 늘어지지 않았다.

1세트 때에 그런 모습을 보였다.

그러나 조강현은 전혀 그렇지 않았다.

프로게이머라 하더라도 매번 공식전에 오를 순 없었다. 팀 내에서도 엔트리에 이름을 올리기 위해 끊임없이 경쟁해야 했다.

특히나 이레이저의 경우에는 그것이 더욱 심했다.

쟁쟁한 팀원들을 제치고 올라온 자리 아니겠는가. 그들을 위해서라도, 그리고 자신을 위해서라도 무기력하게 패배하는 모습은 보이고 싶지 않았다.

그 마음가짐이 우성에게도 닿았다.

하나 경기를 뒤집기에는 너무 멀리까지 왔다.

"진성이 형! 이걸로 끝내자고!"

"오케이!!"

서로 눈빛을 교환한 민허와 진성이 최후의 일격을 가했다.

민허의 오른 주먹이, 그리고 진성의 롱소드가 조강현을 노렸다.

쭉쭉 떨어지는 HP바. 그 수치가 0을 가리키자, 조강현이 키보드와 마우스 위에 올려져 있던 손을 거둬들였다.

조강현, 아웃.

뒤이어 오연도 아웃 선언을 당함으로 인해 이레이저 나인은 패배했다.

그것도 3 대 0으로!

게임 결과가 나오자, 민영전 캐스터와 하태영 해설 위원이 자리에서 벌떡 일어섰다.

"GG!!! 경기 끝났습니다!! ESA가 우승을 차지했습니다!!"

팀 창단 이후 처음으로 맛보는 A 리그 우승!

그야말로 기적 같은 일이었다.

*　　　　*　　　　*

평상시 경기에서 승리를 거뒀을 때에는 이화영 아나운서와의 승자 인터뷰를 진행하는 게 수순이었다.

하나 오프라인 결승전은 달랐다.

"여러분, 큰 박수로 환영해 주시기 바랍니다! 오늘 우승을 차지하게 된 ESA 선수들입니다!"

민영전 캐스터의 요청에 따라 팬들이 엄청난 환호성을 내질렀다.

강민허를 필두로 성진성과 한보석, 그리고 허태균 감독과 오진석 코치.

이렇게 다섯 명이 무대 위에 모습을 드러냈다.

수많은 카메라들과 스포트라이트들이 이들에게 집중되었다.

'오랜만이네, 이런 무대도.'

트라이얼 파이트 7 세계 대회에서 우승을 차지한 이후 간만에 느껴보는 감촉이었다.

잠시 과거 회상에 잠겨 있을 때, 민영전 캐스터가 그에게 다가왔다.

"한 명, 한 명씩 인터뷰를 해보죠. 우선 강민허 선수부터!"

"안녕하세요, 강민허입니다."

자기소개를 하자 관객들의 목소리가 더더욱 커졌다.

렉스코 전체가 다 울릴 정도였다.

그만큼 민허의 인기가 현재 하늘을 찌르고 있음을 나타냈다.

"A 리그에서 경기를 치르는 동안 단 1패도 하지 않았습니다! 이게 어떻게 된 거죠?!"

"당연한 결과라고 생각합니다."

역시 강민허! 그의 패기는 변함없었다.

"전문가들도 그렇고 팬들 사이에서도 ESA가 우승할 수 있었던 가장 큰 이유는 강민허 선수 덕분이라고 합니다. 이에 대해서도 어떻게 생각하십니까?"

"그건 아니라고 봅니다. 팀 게임인 이상, 팀이 잘하지 않으면 이길 수 없습니다. 물론 제가 잘했다는 건 부정할 생각 없지만, 저를 잘 따라와 준 두 형들 덕분에 이길 수 있었다고 생각합니다. 물론 감독님과 코치님들도 고생해 주신 점도 잊지 않고 있습니다."

"저도 질문 좀 해보겠습니다."

민영전 캐스터로부터 발언권을 이어받은 하태영 해설 위원이 곧장 질문했다.

"이레이저 쪽에서 최우성이라는 깜짝 카드를 꺼낼 때, 기분이 어땠나요?"

"예상은 했었습니다."

"최우성 선수를 기용할 거라는 걸요?"

"아니요. 분명 저를 저격하기 위해 스페셜리스트를 기용할 거라고 말이죠. 그게 최우성 선수일지는 몰랐습니다만, 예상한 전략이었기에 무난히 이길 수 있었던 거 같습니다."

"과연, 그렇군요."

모든 것은 민허의 계획대로였다.

"끝으로 이 질문 한번 해보죠."

민영전 캐스터가 다시 마이크를 잡았다.

"제가 알기론, 강민허 선수가 트파 7에서 선수로 활동했을 때, 세계 대회 우승하고 승자 인터뷰에서 바로 은퇴 발표를 했던 걸로 기억합니다만."

"하하, 그랬었죠."

"혹시 이번에도 깜짝 은퇴 선언 하실 생각입니까?"

민영전 캐스터의 질문에 관객들이 웃음소리를 자아냈다.

그럴 리가 있겠나.

하나 민허의 서두가 이상했다.

"예. 은퇴할 생각입니다."

"…네?!"

"……!"

주변인들의 얼굴이 사색이 되었다.

그러나 곧장 민허의 다음 말이 이어졌다.

"A 리그에서 은퇴한다는 말이지, 리오 선수를 은퇴하겠다는 말이 아닙니다."

"그게 무슨 뜻입니까? 좀 더 구체적으로 말씀해 주세요."

"감독님과 약속한 게 있습니다. A 리그에서 좋은 성적을 거두면, R 리그로 승격시켜 주겠다고요."

모두의 시선이 허 감독에게 향했다.

대답 대신 고개를 끄덕이는 허태균 감독. 이어서 민허가 다시 마이크를 들어 올렸다.

"다음에는 R 리그 선수로서, 그리고 준프로가 아닌 정식 프로게이머로서 여러분들 앞에 서겠습니다. 그러니 다음에 있을

R 리그도, 개인 리그도 많이 기대해 주세요."

민허의 당찬 출사표(出師表).

그의 행보는 이제 막 시작이다.

제12장
승급 조건

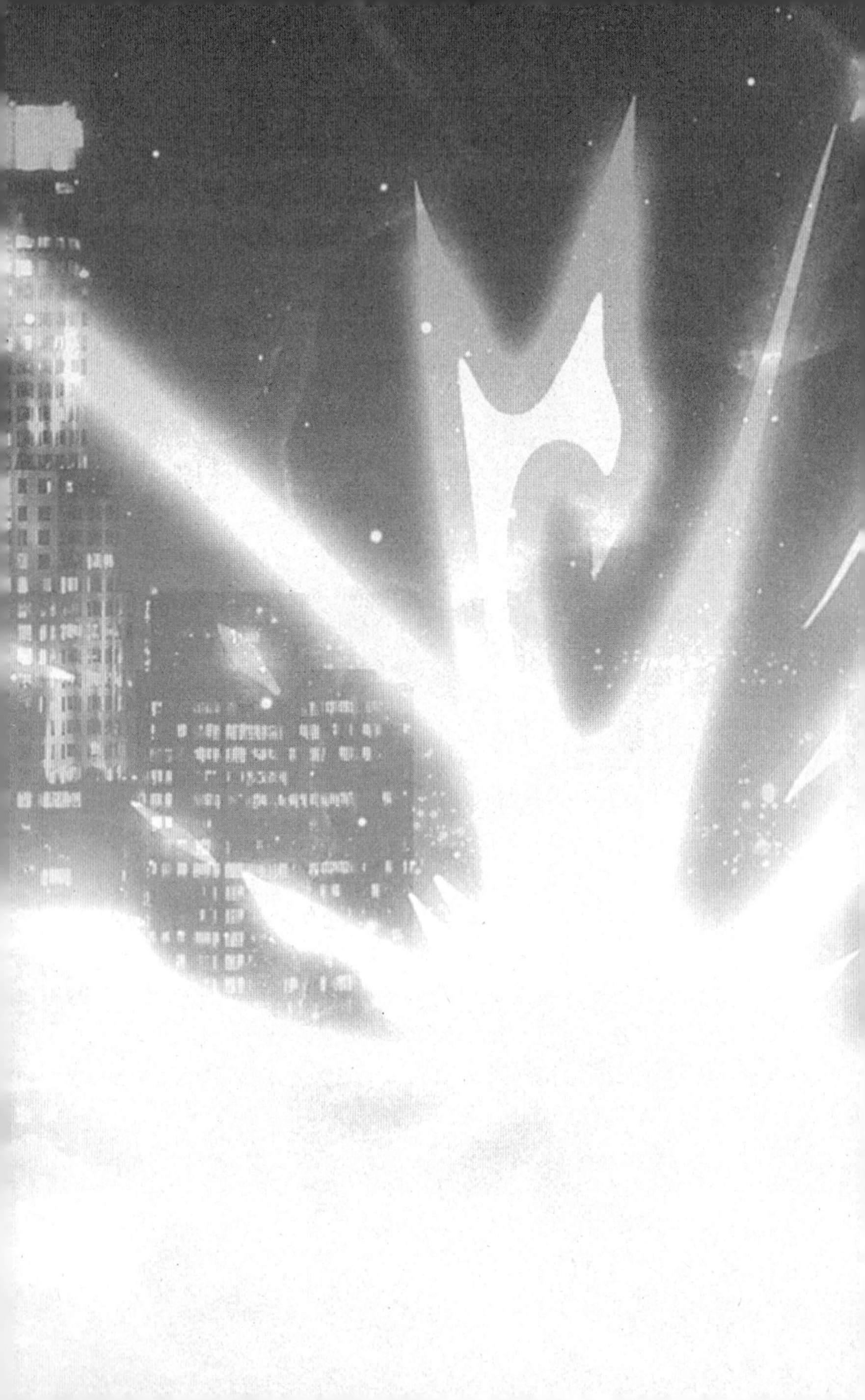

A 리그에서 우승한 ESA.

특히 민허의 주가는 하늘을 달리는 듯했다.

우승 이후 각종 매체에서 인터뷰 요청이 쇄도할 정도였다. 민허 혼자서 감당이 안 될 만큼의 규모였으니, 그 인기가 얼마나 높아졌는지를 단번에 알 수 있었다.

우승을 차지한 이후 바로 서울로 올라온 민허는 곧장 단잠에 빠져들었다.

저녁 10시. 평소 새벽 3~4시에 잠에 들곤 하는 민허치고는 상당히 이른 시간에 꿈나라로 떠났다.

일찍 잠들었다 하더라도 반드시 일찍 일어나란 법은 없었다.

거의 점심시간이 가까워질 때 겨우 눈을 떴다.

"어휴. 죽겠다, 죽겠어."

머리와 몸을 너무 많이 썼다. 게임이라는 게 본래 그런 거 아니겠는가. 스트레스 풀이용으로 잠깐 하고 그치면 좋았을 테지만, 게임을 업으로 삼는 자들은 경기 한번 치르고 나면 체력이 방전될 만큼 피로감을 느꼈다.

겨우 상반신을 일으킨 후에 사방으로 뻗힌 더벅머리를 긁적이며 거실로 향했다.

그때, 방에서 나온 민허와 딱 마주친 이가 있었다.

"음? 이제 일어났냐."

ESA 팀의 주장, 최승헌이었다.

주방에서 냉커피를 타서 연습실로 가지고 올라가려던 찰나에 민허와 마주쳤다.

"아직 잠 제대로 안 깼나 보군. 커피라도 마실래?"

"그거 선배가 마시려던 거 아니었나요?"

"입 안 댔으니 괜찮다."

"아니요, 그런 의미가 아니라……."

민허가 하고자 하는 진의가 무엇인지 이제야 깨달은 모양인지 승헌이 슬며시 웃었다.

"괜찮다. 우승의 주역에게 냉커피 한 잔 대접 못 할까."

"그렇다면야 감사히 받들겠습니다."

남이 먼저 친절을 베푸는데, 굳이 거절할 필요가 있을까.

얌전히 냉커피를 받아 든 민허. 얼음까지 담겨져 있던 탓에 차가움의 농도 또한 짙었다.

"어제 경기, 고생했다. 원래대로라면 나도 팀원들이랑 같이 응원 갔어야 했는데, 미안하다."

"아니요, 괜찮습니다. 다들 리그 준비 때문에 바쁘실 텐데요, 뭘."

A 리그가 끝난 이후에 개인 리그와 R 리그가 순차적으로 개최될 예정이었다.

R 리그는 그렇다 치더라도 웬만한 프로 선수들이라면 개인 리그는 전부 다 참가하는 추세였다.

물론 민허도 이미 참가 신청을 완료했다.

"조만간 개인 리그 예선 시작한다고 하니까 너무 우승에 취해 있지 말고 꾸준히 연습해 둬라."

"감사합니다, 선배님. 새겨듣겠습니다."

물론 민허도 다 알고 있는 것들이었다.

그래도 좋은 말을 해주는데 구태여 시비 투로 반응할 필요는 없었다.

최승헌이 연습실로 올라간 뒤.

커피를 한 모금 기울이던 민허의 인상이 바짝 구겨졌다.

"우웩."

커피의 정체는 아메리카노.

어린애 혀를 가진 민허에겐 치명적인 음료였다.

*　　　　*　　　　*

우승하느라 고생했다는 차원에서 4박 5일 정도의 휴가를 부여받게 된 민허와 보석, 그리고 진성.

　그러나 휴가를 부여받았다 하더라도 딱히 큰 일정은 없었다.

　게다가 말이 휴가지, 사실은 제대로 휴가를 즐기기도 힘들었다. 왜냐하면 개인 리그 예선전이 바로 다음 주에 있었기 때문이었다.

　"휴가가 휴가가 아니구먼, 진짜로."

　진성의 입에서 불만이 폭발했다.

　휴가 첫날. 이들이 하는 일은 지정석에 앉아 개인 리그 예선전을 준비하는 것이었다.

　보석도 예외는 없었다.

　하나 민허는 달랐다.

　"이제 슬슬 준비해야겠네."

　자리에서 일어선 그를 향해 진성이 곧장 쏘아붙였다.

　"얌마. 너, 어디 가려고?"

　"약속 있어서 나갔다 오게."

　"뭐? 약속? 설마……."

　진성의 관심이 급격하게 쏠렸다.

　"민아 씨 만나러 가냐?"

　"아니."

　"그럼 친구들?"

　"뭐, 비슷하다고 보면 돼."

"도대체 누구길래."

민아가 아니라는 말을 듣자마자 치솟던 관심이 금세 사라졌다.

만약 민아를 만나러 간다고 했다면, 진성도 어찌저찌 해서 같이 가자고 부탁해 볼 심산이었다.

하나 그게 아니었으니, 민허에게 향한 더 이상의 관심은 그에겐 무의미했다.

게다가 팀 단위 준비도 아니었으니, 개인 약속 때문에 외출한다 하더라도 크게 상관은 없었다.

그리고 어차피 휴가 아닌가. 친구 만나러 나가는 것 정도는 가능했다.

대충 옷을 갖춰 입고 외출 준비에 나섰다.

"코치님. 그럼 저, 나갔다 오겠습니다."

사무실을 홀로 지키던 나선형 코치가 스마트폰을 잠시 내려놓았다.

"응? 어, 그래. 외출이냐?"

"네."

"언제 들어올 거냐?"

"글쎄요. 자정 전까지는 들어오게끔 하겠습니다."

"뭐, 우리 팀은 따로 통금 시간이 있거나 하진 않으니까. 알아서 놀다 와. 혹시 시간 더 늦어질 거 같으면 전화나 한 통 주고."

"예."

혹여나 선수들이 나가서 사고라도 치진 않을까 하는 마음에서 연락 정도는 주기적으로 주고받는 편이 좋았다.

프로게이머도 이미지 관리는 필요한 법이니까. 특히나 민허는 ESA에서 최근 대세라 불리는 슈퍼 신인이다. 팀 차원에서도 관리가 요구되었다.

민허도 잘 알고 있었다.

그가 신인이긴 하지만, 사실 신인이라 보기에도 무리가 있었다.

애초에 그는 트라이얼 파이트 7에서 선수 생활을 하다가 전향했으니까.

숙소를 나와 약속 장소로 향했다.

전철을 타고 강남으로 향했다. 전철역 1번 출구에 도달하자, 한 여성이 민허를 향해 손을 번쩍 들었다.

"민허 씨! 여기예요, 여기."

환하게 웃고 있는 아리따운 미인, 이화영이었다.

흰색의 스키니에 핑크색 가디건을 걸친 화영의 모습은 평범한 옷차림에서도 모델 포스가 절로 느껴졌다.

거기에 선글라스까지 착용하고 있으니 얼굴을 숨기고 외출 나온 연예인이 아닐까 하는 의심도 들 정도였다.

"먼저 와 계셨군요. 죄송합니다. 오래 기다리셨나요."

"저도 방금 왔는걸요. 괜찮아요. 그보다 카페라도 먼저 가실래요?"

"그러죠."

결승전 바로 다음 날. 민허는 화영과 미리 데이트 약속을 잡아뒀었다.

그 약속을 수행하기 위해 일부러 만남을 가진 것이다.

언덕길에 위치한 카페. 2층으로 올라가니 사람이 아무도 없었다.

오로지 민허와 화영, 둘만의 공간이었다.

"이쪽에 앉죠."

창가 쪽 자리로 향하는 화영의 뒤를 따랐다.

언덕길 위라 그런지 왕래하는 사람들의 모습은 잘 보이지 않았다.

애초에 이곳은 한적하기 그지없는 곳이었다. 즐길 만한 요소를 갖춘 가게들은 전부 언덕 아래쪽, 혹은 큰길 근처에 자리 잡았다.

오기까지 여러모로 불편한 점이 많았다. 특히나 힐을 신고 온 화영으로선 민허에 비해 불편함이 거의 배에 가까웠다.

그럼에도 불구하고 일부러 여기까지 온 데에는 이유가 있었다.

사람들의 시선을 최대한 피하기 위함이었다.

두 남녀는 e스포츠 내에서도 꽤나 높은 인지도를 자랑했다. 화영이야 e스포츠계의 여신이라 불릴 만큼 많이 알려졌다.

민허 역시 마찬가지로 로인 이스 온라인을 좋아하는 사람들이라면 이제는 한 번쯤은 들어봤을 법한 존재로까지 성장했다. A 리그에서 보여준 경기력이 그의 인기에 적지 않은 영향력을 행사했기 때문이었다.

이 둘이 사적인 자리에서 만남을 가진다? 충분히 의심하고도 남을 만한 상황이었다.

이 의심을 피하기 위해 일부러 인적이 드문 곳만을 골라 데이트 코스를 짜뒀다.

선글라스를 살짝 아래로 내린 화영이 빙그레 웃었다.

"이렇게 하니까 진짜로 연예인 된 기분이에요."

"화영 씨는 연예인급이죠."

입에 발린 말은 결코 아니었다.

화영은 TGP뿐만 아니라 기타 다른 채널에서도 얼굴을 자주 비추는 편이었다. 본래 그녀의 직업은 아나운서. 어찌 보면 당연한 일이었다.

"아, 그것보다 먼저 해야 할 말이 있었는데."

이제야 깨달은 모양인지 화영이 재차 발언권을 주도해 갔다.

"우승 축하드려요, 민허 씨. 고생 많으셨어요."

"감사합니다. 이제 시작인걸요."

"개인 리그도 나가시죠?"

"네."

"목표는 당연히 우승일 테니까 안 물어볼게요."

"화영 씨는 저를 너무 잘 아셔서 탈이군요."

민허와 만난 지 얼마 안 됐지만, 화영은 그가 어떤 스타일의 남자인지 확실히 알 수 있었다.

강민허란 남자는 화영이 지금까지 만나본 프로게이머 중에서… 아니, 어쩌면 모든 사람들을 통틀어서 가장 자신감이 넘치는 사람이었다.

화영은 그 자신감이 부러웠다.

동시에 매력적으로 느껴졌다.

"민허 씨는 참 신기한 사람이에요."

"저요?"

"보통 사람들은 어려운 일이나 극복하기 힘든 사건이 벌어지면 걱정이나 절망부터 하잖아요? 근데 민허 씨는 좀 다른 거 같아요."

"어떤 식으로요?"

"걱정이나 두려움, 이런 것보다 무조건 그 문제를 해결할 수 있다는 자신감부터 가지고 시작하더라고요."

"자신감이 저를 먹여 살리는 밥줄이니까요."

"민허 씨의 그런 점이 좋아요."

화영은 처음 아나운서 일을 시작할 때, 사람들의 앞에 마주 서는 것이 무서웠다.

물론 지금도 마찬가지다. 게임계의 여신으로 불리지만, 그녀도 늘 두려움과 걱정을 지닌 채 무대를 오른다.

그래서일까. 민허의 당찬 태도에 절로 매력을 느꼈다.

하나 아직까지 화영은 제대로 알아차리지 못했다.

이 감정이, 그리고 이 관심이 민허를 향한 애정이라는 것을.

식사를 마친 뒤 장소를 이동하는 두 선남선녀.

애초에 잘 알려지지 않은 루트로만 데이트 코스를 짜다 보니 사람들과 마주칠 일이 별로 없었다.

"이 정도면 선글라스 안 써도 될 거 같네요."

화영이 선글라스를 벗었다. 그러자 나란히 걷던 민허가 그녀에게 겁을 줬다.

"그러다가 저랑 스캔들 납니다."

"상관없어요."

"정말로요?"

"네! 오히려 인정해 버리면 되죠."

"그 자신감, 저한테 옮으신 거 같은데요."

문제가 있다면 근거 없는 자신감이라는 점이 아닐까.

민허가 보기엔 그냥 허세로밖에 보이지 않았다.

물론 그 허세 부리는 모습도 귀여워 보였다.

평소에 단아한 모습만 봐 와서 그런 걸까. 이런 화영도 나쁘지 않았다.

그렇게 길을 걷던 도중에 화영의 시선을 빼앗는 곳이 있었다.

"민허 씨, 잠깐만요."

발길을 멈춘 곳은 와플 가게였다.

인기가 좋은 모양인지 인적이 드문 곳에 있음에도 불구하고 그곳을 찾은 손님들이 꽤 많았다.

"혹시 와플 안 드실래요?"

"와플이라……."

솔직히 말하면 배부르다. 그러나 거절하기엔 화영의 눈빛이 너무 간절했다.

천하의 강민허. 하나 여자의 이런 눈빛에는 약하다.

"하나 먹죠, 뭐."

"얏호!"

화영답지 않은 하이 텐션이었다.

겨우겨우 사람들을 비집고 들어가 카운터 앞까지 도달했다.

"저기요. 혹시 바닐라 크림 와플 있나요?"

화영이 먹고 싶었던 와플 종류였다. 그러나 남성이 고개를 가로저었다.

"죄송합니다, 손님. 바닐라 크림은 지금 재료가 없어서 품절……. 헉!!"

순간 남성이 헛숨을 삼켰다.

"호, 혹시 강민허 선수 아니세요?!"

"네? 저요?"

"맞네, 맞아! 사장님!! 강민허 선수예요!"

"뭐?!"

우르르르르!

가게 안에서 바삐 일하던 남자 셋이 달려 나와 민허의 존재를 확인했다.

"허미, 진짜네!"

사장으로 보이는 30대 남성이 입을 쩍 벌렸다.

그러더니 가게 문을 열고 나와 민허에게 악수를 청했다.

"영광입니다! ESA 팬인데, 설마 여기서 강민허 선수를 만나게 될 줄이야……."

"사인해 주세요, 사인!!"

"저는 여기 등에다가!"

남자들에게 인기 대폭발이었다.

"사인이야 해드릴 수 있습니다만, 우선 와플 주문부터 먼저 받아주시면 안 될까요?"

"주문요? 뭐로 드릴까요!"

"바닐라 크림 와플 시키고 싶은데, 품절이라고 들었습니다만."

화영이 먹고 싶어 하는 와플부터 먼저 주문했다.

잠시만 기다려 달라는 말을 남긴 채 가게 안으로 들어가 버린 남성. 이윽고 고개를 내밀어 호기롭게 외쳤다.

"재료, 까짓것 금방 구해올 테니 조금만 기다려 주세요! 강민허 선수의 부탁인데, 무조건 만들어내야죠!"

"하하, 감사합니다."

어색한 웃음을 흘리는 민허였다.

이후, 화영이 작게 속삭였다.

"민허 씨도 이제 연예인 다 됐네요."

본의 아니게 연예인 코스프레를 해버리고 말았다.

바닐라 크림 와플을 양손으로 쥔 채 야금야금 먹는 화영. 마치 햄스터 같았다.

빵빵하게 부푼 양 볼이 상당한 귀여움을 자랑했다.

졸지에 그녀와 같은 메뉴를 선택하게 된 민허는 가게 점원들과 함께 사진까지 찍고 나서야 겨우 자유의 몸이 되었다.

민허가 다가오자, 화영이 우물거리는 볼을 움직이며 말했다.

"거새 마으셔써여, 미허 씨."

"감사합니다. 그보다 다 먹고 말씀하시는 게 좋을 거 같군요."

"아······!"

빨개진 얼굴을 애써 감췄다.

먹는 것에 정신이 팔린 나머지 그만 실수를 저지르고 말았다.

빠르게 소화를 마친 화영이 사과했다.

"미, 미안해요. 저도 모르게 그만······."

"괜찮습니다. 그보다 이 와플, 맛있네요."

민허도 그새 한 입 먹었다. 화영이 무리를 하면서까지 먹으려는 이유가 있었다.

"마음에 드셨다니 다행이에요. 아, 팬분들하고 사진 잘 찍으셨어요?"

"예. 설마 여기서 만나게 될 거라고는 생각 못 했지만요."

"민허 씨가 저보다 더 유명하신 거 같은데요? 민허 씨도 선글라스 하나 사두세요. 제가 선물로 드릴게요."

"선물해 주신다면야 마다하지 않겠습니다."

"그럼 다음 장소는 정해졌네요."

이후의 목적지가 결정되는 순간이었다.

＊　　　　＊　　　　＊

안경점에서 선글라스를 맞춘 뒤에 오락실 노래방 투어까지 마쳤을 때.

시간은 벌써 자정을 향해 달려가고 있었다.

"이제 슬슬 가야겠네요."

"벌써요?"

화영의 얼굴에 아쉬움이 번졌다.

좀 더 같이 시간을 보내고 싶어 하는 눈치였으나, 더 이상의 떼쓰기는 무리였다.

민허와 화영이 전철역 1번 출구 계단을 향했다.

"오늘 즐거웠어요, 민허 씨. 나중에 또 시간 되면 같이 놀아요."

"저야 좋죠."

지금의 아쉬움을 다음 약속 때까지 미루기로 결심한 모양인지 화영이 적극적으로 대시했다.

화영과 시간을 보내는 것도 나름 괜찮았다. 알면 알수록 괜찮은 여자 같다는 생각이 강하게 들었다.

그녀의 새로운 일면을 봤다고 해야 할까. 예쁘기만 한 게 아니라 성격도 좋고 마음 씀씀이도 괜찮았다.

'이런 여자가 여자 친구라면 참 좋을 텐데.'

여태까지 연애 한번 못 해본 민허였기에 여자에 대한 나름의 환상이 있었다.

그 환상이 마치 이화영이라는 여성으로 형태화되어 나타난 것 같았다.

민허도 그녀에게 자연스레 마음이 끌렸다. 그러나 아직까지는 선을 지킬 필요가 있었다.

"조심해서 들어가세요."

"네, 화영 씨도요."

개찰구를 통과하는 화영. 그녀를 먼저 보내주고 난 이후에 버스 정류장 쪽으로 걸어갔다.

시내버스를 타고 숙소로 향하는 민허. 현재 시간은 저녁 11시 반. 생각보다 시간이 많이 지체되었다.

'이럴 때 차라도 한 대 있으면 편할 텐데.'

대중교통 시간에 얽매이지 않아도 되니 얼마나 좋단 말인가. 그렇다면 화영과 좀 더 오랜 시간을 함께할 수 있었을지도 몰랐다.

'상금 들어오면 차라도 한 대 살까.'

다음 주에 우승 상금이 들어올 예정이었다.

ESA는 승수 인센티브 시스템을 채용한다. 공식전 승리를 많이 기록하면 기록할수록 그에 따른 인센티브를 받을 수 있다.

민허가 공식전에 출전해 승리를 거둔 게임 숫자만 하더라도

20세트가 넘어간다. 그가 받을 인센티브도 어마어마했다.

로인 이스 온라인에 관련된 모든 대회는 현존하는 게임 대회 중 역대급으로 가장 우승 상금 규모가 컸다. TGP가 주최하는 정기 리그 금액 역시 비교적 높은 편이었다. 상금으로 받은 총액 중 민허 본인에게 할당된 금액만 8천만 원. 거기에 인센티브까지 받으니, 적어도 1억 가까운 금액이 될 것으로 예상되었다.

그중 5천만 원은 보육원에 넘겨줄 예정이었다. 이미 원장도 민허가 프로게이머 활동을 하고 있다는 걸 알고 있으니, 한 번에 5천만 원에 달하는 돈을 건네줘도 그러려니 할 것이다.

하지만 문제는 그 돈을 안 받으려 한다는 점이었다.

오연복 원장은 보육원의 아이들을 내 자식처럼 생각해 왔다. 이들이 고생고생해서 벌어온 돈을 어찌 덥석 받을 수 있단 말인가.

그래서 돈을 건네줄 때에는 대부분 민아를 통해서 진행했다.

이번에도 마찬가지였다.

'그 정도 돈이면 당분간은 보육원 운영하는 데 차질은 없겠지.'

그렇다면 남은 돈으로 무엇을 할 것인가.

오늘 오전까지만 하더라도 '이 돈으로 뭐 하지?'라고 고민했었지만, 화영과의 만남을 통해 결정을 내렸다.

'일단은 차부터 사자.'

갑자기 없던 차 욕심이 샘솟았다.

   ＊   ＊   ＊

늦은 저녁. 새벽 1시가 되어서야 숙소로 돌아올 수 있었다.

새벽임에도 불구하고 e스포츠 구단 특성상 불은 환하게 밝혀져 있었다.

연습실뿐만 아니라 사무실도 마찬가지였다.

"저 왔습니다."

오후에 남아 있던 나선형 코치 대신 허태균 감독이 민허의 복귀를 환영했다.

"왔냐. 선형이한테 들었다. 지인 만나고 왔다고?"

"예."

"친구들이냐?"

"아니요. 그냥 아는 사람이에요."

굳이 화영과 데이트를 즐기고 왔다는 말을 꺼낼 필요는 없었다.

괜히 허 감독에게 혼란만 가중시킬 게 뻔했으니까 말이다.

그리고 민허는 사생활까지 이래라저래라 터치받고 싶지 않았다.

허 감독에게 복귀 사실을 알린 뒤에 방으로 걸음을 옮기려 하던 찰나.

"옷 갈아입고 잠깐 다시 와라. 할 말 있다."

"급한 건가요?"

"아니. 네가 좋아할 만한 이야기다."

그 말을 듣는 순간, 허 감독이 무슨 이야기를 꺼낼지 충분히 짐작할 수 있었다.

가벼운 발걸음으로 옷을 갈아입은 후에 다시 사무실을 찾은 민허.

"문 닫고 와서 앉아라."

"예."

다른 사람들이 듣기에는 다소 민감한 소재가 될 수 있는 것이었다.

민허의 승급에 관한 이야기였다.

"코치들하고 상의한 결과, 너와 했던 약속을 바로 차기 시즌 때부터 들어주기로 했다."

"다행이네요. 내심 감독님께서 말 바꾸시는 건 아닐까 걱정했었는데."

말은 그렇게 하지만, 민허의 얼굴에는 전혀 불안감이 느껴지지 않았다.

그도 잘 알고 있었다.

이미 강민허는 팬들 사이에서도 입지를 굳건하기 만들어가기 시작했다. 얼마 전에 만났던 ESA 스폰서 관계자들도 연신 강민허의 이름을 거론할 정도였으니. 그의 처우가 개선되는 건 안 봐도 뻔했다.

"R 리그, 가고 싶다고 했지?"

"네."

"좋아, R 리그에 내보내 주마. 대신, 조건이 있다."

조건이라는 단어를 듣는 순간 민허의 미간이 살짝 일그러졌다.

그의 표정 변화를 확인한 허 감독이 헛웃음을 토해냈다.

"너무 노골적으로 안 좋은 감정 드러내는 거 아니냐."

"약속하셨잖아요, 감독님. A 리그에서 좋은 성적 내면 R로 보내주신다면서요. 그것 말고 또 무슨 조건이 필요합니까?"

"이야기부터 먼저 들어봐. 너도 납득할 만한 이유니까."

"……."

허 감독도 생각이 없는 남자는 아니다.

짧은 시간이긴 하지만, 민허는 그동안 허 감독의 언행을 바로 근처에서 지켜봤다.

그래서 더더욱 믿을 만했다.

물론, 추가 조건이 붙은 건 예상 못했지만 말이다.

"R 리그 시즌 들어가기 전에 개인 리그가 먼저 시작된다는 거, 너도 알고 있겠지?"

"모를 리가 없죠."

"너도 대충 눈치채고 있는 거 같으니 그냥 솔직하게 말하마. 너를 R 리그로 올려 보내는 데에 생각보다 부정적인 시선이 많다."

"그럴 수밖에 없죠."

민허도 대충 예상했던 것이다.

실제로 민허에게 자신의 자리를 빼앗길까 두려워 일부러 그와 연습하는 것조차 피하는 R 리그 선수가 상당수 존재했다.

민허는 그 태도가 아니꼽게 보였다.

본인의 실력을 뽐낼 기회조차 주지 않으려 했으니까. 어찌 좋게 보겠나.

"A 리그에서 좋은 성적을 보여주긴 했지만, 결과적으로 그건 팀 게임이니까. 그래서 내 생각으로는, 네가 개인 리그 때 본선에 진출한다면, 무난하게 R 리그 엔트리에 등록시킬 수 있을 거 같다."

일반 게이머들에겐 상당히 어려운 조건이었다.

개인 리그 본선은 오로지 32명만 이름을 올릴 수 있다.

게다가 이곳은 대한민국. e스포츠 강국이라 불리는 이곳에서 수많은 프로게이머들을 제치고 탑 32위 안에 들라는 소리 아닌가.

만약 다른 프로게이머였다면 당장 자리를 박차고 나갔을 것이다.

하나 민허는 달랐다.

그 말을 듣는 순간, 그의 표정이 심상치 않았다.

뭐랄까. 너무 쉬운 도전 과제를 부여받은 듯했다.

"정말 그런 걸로 돼요?"

"물론!"

"좋아요. 어려운 일도 아니네요."

어차피 크게 상관없었다.

민허의 목표는 개인 리그 우승이다. 기왕 우승하는 김에 확실히 R 리그 엔트리에 이름도 올릴 수 있으니 거절할 이유는 없었다.

"역시 너라면 그렇게 말할 줄 알았다."

"대신, 이번에는 무르기 없기에요."

"만약 이 조건까지 클리어한다면, 내가 감독의 권한으로 무슨 일이 있어도 너를 R 리그에 올려 보내주마."

"그 말, 믿어도 되죠?"

"내 감독직을 거마."

이렇게까지 말하니 더 이상 닦달할 수도 없었다.

개인 리그 본선 진출!

그것이 민허에게 새롭게 부여된 미션이었다.

*   *   *

민허가 나간 뒤.

잠시 후에 허 감독의 사무실을 찾은 나선형 코치가 조심스레 물었다.

"감독님 제안, 받아들인대요?"

"어. 고민조차 안 하더라."

"하하, 역시 민허답네요."

나 코치도 민허가 제안을 받아들일 거라 예상했었다.

숙소 내에서도 매번 입버릇처럼 말하던 게 있었다.

본인은 개인 리그, 프로 리그 전부 다 우승을 거머쥘 거라고.

"개인 리그는 민허에게도 많은 도움이 되겠지."

"과연 도움일까요."

나 코치가 약간의 불안감을 드러냈다.

한편으로는 걱정도 됐다.

개인 리그는 프로 리그와 달리 A 리그, R 리그 구분 없이 재량껏 참가 가능한 리그였다.

R 리그에서 이름 좀 날린다는 선수와 예선전에서 맞붙을지도 몰랐다.

"1군 애들은 괴물 투성이인데. 민허가 거기서도 잘할 수 있을지 좀 신경 쓰이네요."

"민허라면 틀림없이 본선 진출할 거다."

"만약 그렇게 되면, 로열로더도 노려볼 수 있겠네요."

로열로더. 첫 본선에 진출한 프로게이머가 단숨에 우승까지 차지하는 경우를 일컫는 말이었다.

ESA 선수들 중에는 로열로더의 길을 걸었던 자가 단 한 명도 없었다.

대신, 코치진에 한 명 있었다.

나선형. 그가 과거 로열로더 출신이었다.

"민허가 본선에 나가면, 네가 도움되는 말 좀 많이 해줘라."

"녀석이라면 혼자서 잘할 거 같은데요."

"그래도 정보라든지 세컨드 부분에선 네가 절대적으로 필요할 거다."

"예, 알겠습니다."

의자에 몸을 묻는 허 감독이 혼잣말을 내뱉었다.

"모처럼 괴물 신인 하나 들어 왔으니 우리가 적극적으로 키워줘야지."

어쩌면 허 감독에게도 이건 기회일지 몰랐다.

*　　　*　　　*

뒤늦게 연습실로 올라간 민허.

허 감독과 이런저런 이야기를 나누다보니 벌써 시간이 새벽 2시를 향해가고 있었다.

대다수의 선수들은 일찌감치 잠을 청하러 갔다.

연습실에 남아 있는 사람이라고 해봤자 2~3명 정도.

전부 다 민허와 친분이 깊은 관계까진 아니었다.

하나 그중에서 유독 민허의 시선을 끌어당기는 선수가 한 명 있었다.

"아이고, 행님! 후원 감사합니다! 땡큐, 땡큐, 베리감사~!"

고요한 새벽 연습실에 유독 또랑또랑하게 울리는 남성의 목소리.

'저 선수는 분명……'

정화수.

ESA 팀 중 유일하게 개인 방송을 진행하고 있는 프로게이머의 이름이었다.

'마침 잘됐네.'

지정석으로 향하던 민허가 돌연 발길을 돌렸다.

그가 향한 곳은 바로 정화수의 옆자리였다.

'어디 인터넷 방송이라는 거, 한번 구경해 볼까?'

제13장
도우미

"하이고, 우리 사과나무 행님!!! 후원 감사합니다요! 땡큐 땡
큐 베리 감사!"

"······."

최대한 입을 굳게 다문 채 일부러 정화수의 옆자리를 골라
앉은 민허.

개인 방송을 하는 탓일까. 정화수 선수의 자리는 가장 구석
에 놓여 있었다.

본래 그의 왼편 자리는 다른 프로게이머가 차지하고 있었지
만, 최근에는 타 구단으로 이적 선언을 했기에 공석이 되었다.

다시 말해서, 그냥 허락 없이 마음대로 앉아도 되는 자리라
는 소리였다.

"잠깐 실례 좀 할게요."

민허가 일부러 그 공석을 노렸다.

말없이 민허의 전신을 쭉 훑던 정화수가 다시 본인의 모니터 쪽으로 시선을 고정시켰다.

또 후원이 터졌기 때문이었다.

"블랙핸드 행님!!! 5만 원 후원 감사합니다! 오늘 월급날입니까?! 후원 빵빵 터지네요! 땡큐 땡큐 베리 감삿!"

'옆에서 보니 재밌네.'

정화수가 어떤 타입의 남자인지, 그리고 어떤 성격을 지닌 사람인지 잘 몰랐었다.

그러나 어투와 행동을 보아하니, 평소에도 분위기 메이커 역할을 자처하는 그런 부류의 사람처럼 보였다.

'근데 왜 난 모르지?'

만약 정말로 그런 성향이었더라면 분명 민허의 뇌리에도 정화수의 존재감이 명확하게 새겨져 있었을 것이다.

하나 가물가물했다.

'이상하네.'

머릿속에 든 의구심 하나. 그럼에도 눈은 옆자리로 향해 있었다.

그가 어떤 식으로 인터넷 방송을 진행하는지 바로 옆에서 직관하고 싶었기 때문이었다.

한편. 민허의 속내를 눈치채지 못한 모양인지 화수는 여전히 하이 텐션을 유지했다.

"자! 5연승 미션 갑니다! 저격 노노해!"

야심한 새벽임에도 불구하고 정화수의 목소리는 그칠 줄 몰랐다.

*   *   *

이른 오전.

화수의 인터넷 방송 진행 상황을 바로 옆에서 지켜보다가 도중에 자리 들어갔던 민허가 힘겹게 눈을 떴다.

"몇 시냐……."

오전 8시.

상당히 이른 시간이었다.

보통 이 시간이면 ESA 숙소는 숙면 분위기였다. 오늘도 예외란 없었다.

기왕 눈이 떠졌으니, 이렇게 된 이상 일어나는 편이 좋았다. 잠 깬 상태에서 다시 잠을 청하기에는 애매한 감이 없지 않아 있었기 때문이었다.

거실 바깥으로 나오자, 역시나 평소와 다를 바 없이 조용했다.

쥐죽은 듯 조용한 1층.

계단을 올라 2층 연습실로 향하던 때였다.

"행님딜! 이제 방송 종료하겠습니다. 오늘 하루도 잘 보내시고 저녁 방송에서 뵙겠습니다요!"

그 말을 끝으로 방송 종료 버튼을 클릭했다.

'밤새 방송했나?'

대단한 체력이었다.

민허가 오기 전부터 방송을 하고 있었으니, 현재 시간을 고려한다면 최소 7시간 이상은 방송을 한 셈이었다.

방송이 끝나자마자 귀신같이 조용해졌다.

마우스 몇 번 클릭하는 소리만이 연습실을 채워갈 뿐이었다.

그러기를 대략 3분여 정도가 지났을 때였다.

"……."

입을 굳게 다문 채 의자에서 일어서는 정화수. 그 순간, 이제 막 계단을 오른 민허와 눈이 마주쳤다.

"고생했습니다, 선배."

"…어."

목소리가 대단히 작았다.

기어들어 가는 그의 음성에 민허가 고개를 갸우뚱했다.

'뭐지?'

내가 아는 그 정화수가 맞나. 그런 의심이 절로 들었다.

"피곤해 보이시는 거 같은데 커피라도 한 잔 타 드릴까요?"

때마침 어제 최승헌이 타준 냉커피를 떠올렸다. 그러나 화수는 여전히 침묵을 지킨 채였다.

축 처진 어깨. 눈 밑에 진한 다크서클. 사방으로 뻗은 머리카락. 그리고 무엇보다 신경 쓰이는 건…….

'눈 마주칠 생각도 안 하는군.'

뭔가 좀 이상했다.

방송하는 사람이라면 대개 어느 정도 기본적인 화술을 보유하고 있거나 아니면 사람을 상대하는 데에 거부감이 없는 편이 많았다.

정화수도 분명 그런 부류라 생각했다. 왜냐하면 어제 저녁, 민허가 직접 두 눈으로 그의 방송 스타일을 실시간으로 봤으니까.

그러나 새벽의 정화수와 아침의 정화수는 마치 별개의 사람 같아 보였다.

뭐랄까. 타인과의 교류를 극도로 꺼려 하는 히키코모리처럼 느껴졌다.

"아, 아니. 괘, 괜찮아. 커피……. 별로 아, 안 좋아해."

'음?'

심지어 말까지 더듬는다.

어제 그렇게 말을 잘하던 사람이 이런 태도를 보이니 더더욱 이상해 보였다.

피곤해서 그런 것일지도 몰랐다. 날밤을 새고 방송에 매진했으니 그러는 것도 당연했다.

도망치듯 민허로부터 멀어진 화수가 자신의 방으로 향했다.

그의 뒷모습을 멍하니 바라봤다.

그때, 양치질을 하며 2층 화장실에서 튀어나온 보석이 민허에게 아침 인사를 건넸다.

"어? 민허잖아. 좋은 아침이다."

"형도 좋은 아침."

"어제 늦게 들어왔나 보다? 너 오는 거 못 보고 잤는데."

"뭐, 그런 일이 있어서. 그보다 형. 정화수 선배에 대해서 좀 알아?"

"응? 화수 형? 모르는 건 아니지. 적어도 너보다는 잘 알걸."

하기야. 당연한 말이었다.

보석은 의외로 ESA 팀에서 꽤 오랫동안 프로게이머로 활동해 왔다. 그래서 웬만한 팀원 정보는 다 숙지하고 있었다.

"근데 화수 형은 왜?"

"그냥 인터넷 방송에 대해서 좀 배워보려고."

"아, 저번에 마 기자님인가? 그분이 했던 말이 끌렸나 보구나."

요즘 떠오르는 콘텐츠 분야라고 한다면 단연 인터넷 방송을 손꼽을 수 있다.

1인 매체.

별다른 자금 없이 자신의 끼와 재능, 그리고 아이디어만 있다면 수많은 금액을 벌어들일 수 있는 창작 분야. 그것이 바로 인터넷 방송이었다.

"하긴, 우리 팀에서 개인 방송 하는 사람이 화수 형밖에 없으니까."

그런 말을 하면서도 보석의 표정은 뭔가 좀 불안한 기운이 감돌았다.

그 불안함의 원인이 뭔지 민허로서는 잘 알지 못했다.

"대신, 고생 좀 할 거다."

"고생?"

"엉."

"그게 무슨 뜻인데?"

"내 입으로 말하긴 그렇고, 직접 부딪쳐 보는 게 더 쉽게 깨달을 수 있을 거다."

잘해보라는 식으로 어깨를 몇 번 토닥여준 보석이 다시 화장실로 들어갔다.

의미심장한 말뿐이었다.

그래도 크게 겁먹거나 하진 않았다. 이럴 때일수록 민허의 도전 정신이 필요한 법이었다.

*　　　　*　　　　*

지난 이틀간 정화수의 생활 패턴을 눈여겨봤다.

정화수의 일정은 대략 이러했다.

오후 2시에 기상. 아침 겸 점심 식사를 하고 오후 4시부터 본격적으로 연습 돌입. 저녁 식사 후 연습 이후에 9시부터 방송 준비에 들어간다.

그의 방송 시간은 저녁 9시부터 새벽 4시. 보통은 밤을 잘 새지 않는다는 주변인들의 정보가 있었다.

민허가 처음 화수가 방송하는 모습을 봤던 날에는 이례적으로 밤을 샜을 뿐이었다고 한다.

'저녁 시간 때가 시청자들이 가장 많을 시기이기도 하니까.'

게다가 프로게이머 일상 사이클에도 얼추 방송 시간과 잘 부합되었다.

아이디도 따로 만들어 몰래 화수의 방송을 염탐했다. 시청자 수는 천 명에서 천오백 명을 왔다 갔다 하는 편이었다.

나쁘지 않은 성적이다.

네 자릿수 시청자를 기록한다는 것만으로도 어느 정도 인기있는 방송임을 뜻했다. 이건 개인 방송에 대해 전혀 모르는 민허가 봐도 알 법한 사실이었다.

게다가 정화수는 프로게이머로서 그렇게까지 높은 승률을 기록하지 못했다. 공식전 출전 기회도 몇 번 가지지 못했고, 개인 리그 본선 진출 횟수는 5년간의 프로게이머 인생에서 딱 두 번뿐이었다.

그럼에도 불구하고 천 명 이상의 고정 시청자 수를 보유하고 있다는 건 다시 말해서.

'방송에 대한 재능이 있다는 소리겠지.'

더더욱 정화수에게 가르침을 받을 만했다.

물론 그의 방송을 보기 시작한 지 얼마 안 됐기 때문에 구체적으로 어떤 점이, 그리고 어떤 요소가 시청자들을 매료시키는지 제대로 파악할 수 없었다.

그저 보는 것만으로는 만족할 수 없었다.

그래서 오늘 밤, 민허가 드디어 직접 접선을 펼치기로 했다.

방송 시작 1시간 전.

평소와 다를 바 없이 연습에 임하던 화수를 뚫어져라 응시했다.

'슬슬 시간이군.'

정화수가 방송 시간을 1시간가량 앞두고 있을 때 하는 행동이 있었다.

율무차를 타 온다. 그것도 한 잔 단위가 아니라 500ml 단위로.

이번에도 예외는 없었다.

자리에서 일어나 1층 부엌으로 향하는 정화수. 이동을 포착하자마자 민허 역시 바로 뒤를 따랐다.

운이 좋게도 거실에는 민허와 화수밖에 없었다.

지금이 바로 절호의 찬스였다.

"화수 형."

일부러 친근하게 형이라는 호칭을 사용하며 말을 붙였다.

하나 화수는 민허가 말을 걸어오는 것 자체를 별로 좋아하지 않는 듯한 눈치였다.

"어?! 어… 왜……?"

여전히 기어들어 가는 목소리였다.

방송할 때의 그와 천차만별의 모습에 괴리감마저 느껴졌다.

"조금 이따가 방송 시작하실 거죠?"

"……."

말없이 고개만 끄덕이는 화수. 그러자 민허가 그에게 양해를 구했다.

"옆에서 구경 좀 해도 될까요? 방송에 방해 안 되게 할게요."

"구경을 왜……."

"저도 인터넷 방송을 해볼까 해서요. 화수 형한테 배울 점도 많은 거 같아서 부탁드려 보는 거예요."

"…배울 것까지야……."

그래도 딱히 싫어하는 눈치는 아니었다.

화수도 민허에게 악감정을 가지고 있다든지 하진 않았으니까.

그리고 무엇보다 민허가 개인 방송에 관심을 가지는 건 화수에게도 기회일지 몰랐다.

안 그래도 최근, 화수의 개인 방송에서 민허와 관련된 채팅과 댓글이 활발하게 나올 때가 있었다.

화수와 민허. 두 사람이 같은 팀 아니겠는가.

게다가 민허는 요즘 떠오르는 핫한 신인. 인지도 있는 게이머가 팀 내에 있으면, 게스트로 초청을 해 시청자 수를 확 끌어 올릴 수도 있었다.

물론 그건 나중 일이겠지만 말이다.

"아, 알았어. …봐도 돼."

"고마워요, 화수 형."

"……."

커뮤니케이션 자체가 어려웠다.

말을 더듬거나 목소리가 작거나 하는 차원의 문제가 아니었다.

그것보다 더한 요소가 있었다.

타인과의 교류를 꺼려 하는 듯한 낌새. 그것이 이들의 커뮤니케이션에 커다란 장벽으로 작용했다.

그래도 견학 허가를 받아냈으니, 그것만으로도 큰 수확이었다.

＊　　　＊　　　＊

오후 9시.

드디어 정화수가 개인 방송을 시작하는 때가 왔다.

방송을 켜는 순간, 그의 태도가 변했다.

"안녕안녕! 행님들! 오늘 하루도 잘 보내셨죠?"

방금 전에는 민허와 눈도 제대로 마주치지 못했던 남자가 갑자기 캠 화면을 똑바로 응시하며 능수능란하게 멘트를 날린다.

심지어 목소리 톤도 달랐다.

사람이 어떻게 이렇게 180도로 변할 수 있을까. 신기할 따름이었다.

"오늘은 어제 예고했던 대로 사안나의 궁전 공략 방송 들어갑니다! 그리고 오늘의 미션! 노 다이어로 클리어하기! 실패하면 24시간 방송 공약 겁니다!"

24시간 방송이라는 말이 나오자마자 채팅 올라가는 속도에 불이 붙었다.

BIK987: 오늘 24시간 예약 방송 각 ㅇㅈ? ㅇㅇㅈ

수박에박수: 제발 실패! 실패 기원!!!!!!

FRESH박: 미션 성공하면 5만 원 쏨. 그러니까 실패 ㄱㄱㄱ

모두가 한마음, 한뜻으로 정화수의 실패를 기원했다.

방송을 오래하면 오래할수록 시청자 입장에선 좋을 수밖에 없었다.

한편, 옆자리에서 방송을 켜놓은 채 모니터와 화수를 번갈아 바라보던 민허가 고개를 절레절레 흔들었다.

'힘들 텐데.'

사안나의 궁전은 로인 이스 온라인에 존재하는 던전 중에서도 상급에 속하는 고난도 던전이었다.

성공을 장담할 수 없었다.

로인 이스 온라인에 접속한 정화수.

온라인 상태가 되자마자 엄청난 귓말들이 쏟아졌다.

'엄청나네.'

화수가 인기 방송인임을 실감할 수 있었다.

그가 가는 곳 어디든 유저들이 몰려들었다.

초보 지역으로 분류되는 마을에도 고렙 유저들이 다수 출몰했다. 이유는 하나뿐이었다. 화수가 그곳에 있었기 때문이다.

저렙 지역에 고렙 유저들이 우수수 튀어나오니 쪼렙 유저들 입장에선 어리둥절할 수밖에 없었다.

그 모습에 민허도 자연스레 의욕이 샘솟았다.

'나도 한번 가볼까.'

라울 캐릭터는 대중들에게 너무 알려졌다. 만약 라울로 로그인 한다면, 분명 민허를 알아보는 자들이 속출할 것이다. 평상시에도 그랬으니까.

혹시 몰라 만들어놓은 부캐로 접속했다. 닉네임은 허민. 민허의 이름을 뒤집어놓은 것에 불과했다.

허민 캐릭터의 레벨은 라울과 다르게 만렙이었다. 닉네임도 다르고, 쪼렙을 고집하는 라울 캐릭터와 다르게 템도 괜찮은 편이었기에 허민과 라울의 본주가 같은 인물이라는 사실을 알아차리는 이는 거의 없었다.

심지어 같은 팀 내에서도 민허가 부캐를 가지고 있다는 것을 아는 선수도 드물었다. 오랫동안 같이 A 리그 주전 멤버로 활동했던 한보석과 성진성 정도만 알고 있을 뿐. 민허와 친분이 높지 않은 다른 선수들은 이 사실을 전혀 몰랐다.

화수도 마찬가지였다.

본인의 바로 옆에 허민이라는 캐릭터가 지나감에도 불구하고 그가 강민허라는 것을 전혀 눈치채지 못했다.

방송을 배운다며 자신을 바라보던 민허가 눈길을 거두고 게임에 접속했지만, 화수는 알아채지 못했다. 방송에 정신이 팔려 민허까지 신경 쓸 겨를이 없었다.

'완벽하네.'

정체 숨기기는 이것으로 클리어.

이제 조용히 따라가기만 하면 된다.

대신, 그의 방송에 방해가 되지 않을 정도만 행동해야 한다. 그것이 예의였으니까.

사람들이 대충 모였다 싶을 때, 정화수가 입을 열었다.

"행님덜! 사안나의 궁전 갈 건데, 3명 선착순으로 한번 뽑아 보겠습니다요! 고정 파티는 아니고, 한 3~4번 도전해 보고 다른 행님덜 초청해서 파티 맺는 식으로 하겠습니다! 참여하고 싶으신 분들은 채팅 하나씩만 쳐주세요. 무작위로 뽑을 테니 도배해도 소용없습니다!"

사안나의 궁전은 4인 던전이다. 그래서 파티를 꾸리는 편이 좋았다.

"3명 뽑겠습니다! 우지 행님, 월요일좋아 행님, 그리고 PPAP 행님! 이렇게 3분 파초 드리겠습니다."

민허는 일부러 신청하지 않았다. 괜히 파티에 들어갔다가 자신의 정체가 탄로 날 거 같았기 때문이었다.

물론 캐릭터는 다르다. 그러나 클래스가 같은 파이터였기 때문에 플레이가 라울과 비슷할 수밖에 없었다.

같은 팀 선수라면, 움직임만 봐도 허민의 정체가 강민허임을 알아차릴 것이다.

그래서 일부러 신청하지 않았다.

'첫 판은 지켜보는 것만으로도 충분하지.'

어떤 식으로 시청자들과 소통하며 게임을 진행하는지 보고 싶었다. 이것도 배워야 할 점 중 하나였으니까.

4인의 파티가 완성되었다.

다시 한번 마이크를 조정한 정화수가 3명의 파티 참가자들에게 물었다.

"아아. 행님덜. 제 목소리 들리십니까?"

―잘 들립니다!

―우와! 영광입니다! 엄마, 나 방송 탔어!!

―무조건 캐리할게요, 화수 형!

시청자들 역시 의욕이 넘쳤다.

하기야. 의욕이 있으니까 참가 신청을 했을 터. 민허처럼 일단은 지켜보자는 식의 생각을 가진 사람이었다면 신청 자체를 하지 않았을 것이다.

게임에 로그인 상태를 유지시켜 둔 뒤 다시 화수의 방송 화면 창을 띄웠다.

"그럼 입장하겠습니다! 행님덜, 준비됐죠?"

―네!

―고고고!!!

첫 파티라 그런지 텐션이 잔뜩 상승해 있는 상태였다.

게다가 자신감도 있어 보였다. 화수야 어차피 프로게이머니까 템 세팅이야 말할 필요도 없었다. 다른 유저들 역시 꽤나 로인 이스 온라인을 오래 한 올드 유저인 모양인지 괜찮은 템들을 착용하고 있었다.

하지만.

'그래도 힘들 텐데.'

이것이 민허의 전망이었다.

로인 이스 온라인은 템발보다 컨트롤발을 더 많이 타는 게임이었다. 이 때문에 민허가 쪼렙임에도 불구하고 A 리그에서 날아다닐 수 있었던 것이다.

오로지 컨트롤로 모든 것을 다 극복하는 남자. 그가 바로 강민허였다.

게다가 사안나의 궁전에 나오는 패턴들은 장비보다 컨트롤을 더 요구하는 던전이었다. 그래서 제아무리 고렙, 올드 유저라 하더라도 방심할 순 없었다.

여하튼 그렇게 파티를 짜고 사안나의 궁전으로 진입한 이들.

민허는 의자에 몸을 묻은 채 모니터를 응시했다.

던전에 들어서자마자 몬스터들이 달려들었다.

손쉽게 몬스터들을 쓰러뜨리며 앞으로 나아가는 화수의 파티.

하나 사안나의 궁전이 무서운 점은 몬스터가 아니었다.

세 가지 함정. 이것 때문에 유저들이 사안나의 궁전을 기피하는 편이다.

패턴도 고정되어 있는 게 아니라 때에 따라 무작위로 바뀌기 때문에 공략하기 쉽지 않았다.

몬스터들을 때려눕히며 앞으로 전진, 또 전진.

그러는 사이에 드디어 첫 번째 함정이 등장했다.

첫 번째 장치, 낙하 함정.

커다란 네모 형태의 타일로 치장되어 있는 바닥. 그러나 이

밑에는 뾰족한 가시들이 배치되어 있었다.

멀쩡한 타일과 아래로 떨어지는 타일이 있다. 떨어지는 타일을 밟는 경우에는 가시에 꿰뚫려 그대로 즉사한다.

회생의 기회도 없다. 떨어지면 무조건 끝이다. 그래서 유저들 사이에서도 악명 높기로 소문난 함정 중 하나로 손꼽힌다.

떨어질 가능성이 있는 타일과 안전한 타일을 구분하는 방법은 하나뿐이다.

발로 타일을 밟으면, 미세하게 흔들리는 타일과 그렇지 않은 타일이 있다. 흔들리는 타일이 함정, 가만히 있는 타일이 멀쩡한 길이다.

"자, 행님덜! 타일 흔들리는 거 잘 보고 건너십시오!"

흔들리는 걸로 구분이 가능하지만, 문제는 흔들리는 모션이 나올 때와 함정이 발동되는 시간 차 간격이 매우 짧다는 점이었다.

그래서 육안으로 보고도 타일을 피하지 못해 즉사하는 경우도 심심치 않게 나왔다.

게다가 타일 간의 간격도 꽤 되는 터라 빠른 이동기를 지닌 스킬을 사용해 피해야 한다. 그렇지 않고 걸어서, 혹은 뛰어서 회피하려 들면 위험하다.

4인 던전이기 때문에 한 명이라도 아웃당하면 최종 보스를 클리어하기 힘들어진다. 그래서 4명이 최대한 무사히 함정을 통과해야 한다.

—…….

─…….

─…….

갑자기 오디오가 조용해졌다. 심지어 개인 방송인인 정화수조차도 이 순간만큼은 초집중을 해야만 했다.

뚫어져라 타일을 바라보며 천천히 길을 나서는 4인방.

그때였다.

덜컹, 덜컹, 덜컹!

화수가 이제 막 밟은 타일이 급격하게 흔들리기 시작했다!

순간적으로 빠르게 이동하는 스킬을 써서 건너편 타일로 무사히 건너갔다.

무사히 함정을 피하는 데 성공했으나, 문제는 다른 파티원이었다.

─헉!!

월요일좋아라는 닉네임을 사용하는 전사 유저가 타일을 피하지 못하고 그대로 낙사했다.

운이 안 좋았다. 첫 번째 타일은 피했지만, 피한답시고 이동한 두 번째 타일조차 함정일 거라고는 예상하지 못했다.

이미 이동기를 썼기에 쿨타임 때문에 빠른 이동이 불가능했다. 그 결과가 즉사로 이어졌다.

첫 번째 함정에서 이미 한 명이 아웃당했다. 그래도 화수는 포기하지 않고 팀원들을 독려했다.

"괜찮습니다, 행님덜! 아직 3명이나 남지 않았습니까? 힘내서 가봅시다!"

방송인다운 긍정적인 자세였다.

하기야. 한 명이 부족하긴 하지만, 그래도 잘만 컨트롤하면 최종 보스를 클리어하는 데에 지장은 없을 것이다.

게다가 살아남은 자들의 포지션을 보면 희망이 있었다. 힐러 하나에 마법사 하나, 근접 전사 하나.

마법사 포지션인 화수가 딜을 넣고, 근접 전사가 탱 역할을, 그리고 힐러가 서포터로 가면 된다.

대신, 이 세 명은 무조건 최종 보스 방까지 무사히 도달해야 한다.

그러나 남은 함정은 아직 두 개나 더 있다. 게다가 첫 번째 함정보다도 난도가 높다.

두 번째 함정은 독 안개 스테이지. 초록색의 안개를 내뿜는 원인체를 찾아 제거하면 된다.

그러나 이미 안개가 깔린 상태로 시작하기 때문에 원인체를 찾기란 여간 쉬운 게 아니었다.

계속해서 들어오는 도트 대미지에 결국 또 한 명의 파티원이 희생되었다.

두 번째 멤버가 아웃당하는 순간, 사실상 던전 공략은 실패한 것과 다름없었다.

apofiw123: 망했네. ㅋㅋㅋㅋㅋㅋㅋ

빠뿌빠나나: 내가 뭐랬어? 이거 절대 클리어 못 함. 24시간 방송 확정 ^^7

월급루팡: ESA 선수들 불러와야 겨우 깰 거 같은데.

모니터를 응시하던 민허가 그럴 줄 알았다는 듯이 고개를 끄덕였다.

'역시나.'

그의 예상이 정확히 들어맞았다.

*　　　　*　　　　*

그 이후에도 몇 번의 도전을 펼쳐봤지만, 최종 보스는커녕 3단계 함정조차 도달하지 못했다.

'역시 급조한 팀으로는 안 되려나.'

화수도 불현 듯 암울한 느낌을 받기 시작했다.

벌써 새벽 2시 반이다. 방송 종료 시간까지 남은 시간은 고작해야 1시간 반밖에 되지 않았다.

그 전에 클리어하지 못한다면 얄짤 없이 24시간 방송에 들어가야 한다.

본인이 내건 공약이긴 하지만, 개인적으로 그건 가급적이면 피하고 싶었다. 방송이라는 것 자체가 보기와는 다르게 체력소모가 꽤 되는 일이었기 때문이다.

더욱이 24시간 방송 한 번 하면 그다음 날은 통째로 날려먹어야 했다. 안 그래도 개인 방송 하느라 프로 리그, 개인 리그 연습할 시간도 부족한데 여기서 이틀을 무의미하게 보내는 건 프로게이머로서 치명적이기도 했다.

뿐만 아니라 개인 리그 예선전이 바로 다다음 주에 시작된다. 이번에야말로 마음 다잡고 본선 진출 무대를 밟아보고 싶었다.

방송인이긴 하지만, 그도 프로게이머다. 대회 욕심이 없다는 건 말이 안 된다.

'골 때리네.'

한번 내뱉은 말은 다시 주워 담을 수 없다. 이미 공약을 내건 순간, 클리어 아니면 답이 없게 되어버렸다.

채팅창에 올라온 것처럼 같은 팀 소속 선수들에게 도움을 요청하는 것도 하나의 방법이었다. 그래도 프로게이머인데 아마추어보다는 잘하지 않겠나.

하나 불행하게도 깊은 새벽 시간까지 깨어 있는 선수는 별로 없었다. 설사 있다 하더라도 이제 막 양치하고 자려는 선수밖에 보이지 않았다.

'어쩐다.'

생각이 많아졌다.

괜히 방송 흥하게 만든답시고 말도 안 되는 공약을 내건 과거의 자신에게 화도 났다. 그러나 지난 일을 후회하기보다는 해결 방안을 강구하는 게 훨씬 더 생산적이었다.

고민을 이어가던 도중에 유저 한 명이 그에게 귓속말을 보내왔다.

허민: 안녕하세요. 다음 파티 때 저 좀 끼워주시면 안 될까요?

처음 보는 닉네임이었다. 더러 이런 식으로 귓속말, 쪽지를 통해 화수의 파티에 넣어달라고 어필해 오는 사람이 있었다.

그중 한 명이 아닐까 싶었다.

상세 정보 창을 열어봤지만 그렇게까지 특출 난 부분은 보이지 않았다.

'웬만하면 가려 받고 싶은데.'

거절할까. 그런 생각을 하는 순간, 갑자기 옆에서 민허가 헛기침을 했다.

"어흠!"

"……?"

민허 쪽으로 시선을 돌리자, 그가 본인의 모니터 화면을 가리켰다.

그것을 보자마자 화수의 표정이 급격하게 밝아졌다.

민허가 가리킨 건 바로 자신의 부캐 인포메이션 창.

캐릭터 닉네임, 허민.

방금 전, 화수에게 쪽지를 보내온 사람과 같은 닉네임이었다.

'민허가 도와준다고?'

희망의 끈이 보였다.

민허가 사안나의 궁전을 클리어한 적이 있는지 없는지 여부를 묻기도 전에 먼저 이 말이 튀어나왔다.

dbfanck22: 정말 도와줄 수 있어?

허민: 물론이죠. 저만 믿으세요. 캐리할 자신 있습니다.

dbfanck22: 클리어한 적은?

허민: 없어요. 그냥 공략 영상만 좀 보고 왔습니다.

던전을 클리어해 본 적이 단 한 번도 없다는데 정말 믿어도 될까.

그래도 아마추어보단 잘할 것 같았다. 그 믿음이 결국 파티 초대까지 이어졌다.

System: 허민 님을 파티에 초대했습니다.

System: 허민 님이 파티 요청을 수락했습니다.

남은 두 자리는 어떻게 채울까.

아까와 같은 방식으로 시청자 두 명을 데리고 갈까 하던 도중에 민허로부터 귓속말이 도착했다.

허민: 제가 진성이 형하고 힐러 한 명 데려올게요.

dbfanck22: 진성이 자고 있지 않아?

허민: 아까 보니까 안 자고 웹툰 보고 있더라고요.

dbfanck22: 그래도 시간 많이 늦었는데 도와줄려나.

허민: 걱정하지 마세요. 저한테 비장의 무기가 있거든요.

호언장담을 한 민허가 잠시 자리를 비웠다.

머지않아 잠시 후.

"너, 진짜로 나중에 민아 씨 만나게 해주는 거다! 잊으면 돼질 줄 알아!"

"걱정하지 말라니까 그러네, 형. 내가 어디 거짓말한 적 있어?"

"그야… 없긴 하지."

윤민아와 만나게 해주겠다는 말에 결국 넘어가고 말았다.

"아까 내가 했던 말, 기억하지?"

"부캐로 접속해서 화수 선배 파티 초대 응하면 된다고 했지?"

"어. 가급적이면 근접캐로 가져와. 그 편이 던전 공략하기 수월할 테니까."

"알았어. 짜샤."

자초지종은 대충 민허에게서 다 들어 알고 있었다.

목표는 새벽 4시 전까지 사안나의 궁전 클리어하기!

그러나 한편으로는 불안했다.

'이거, 꽤 어려운 던전인데.'

진성도 몇 번 클리어 못 해봤을 정도로 극악이라 불리는 곳 중 하나였다. 그런 곳을 본캐도 아닌 부캐로 클리어라니. 처음 민허의 부탁을 들었을 때에는 제정신이 아닌 줄 알았다.

'하긴, 민허 녀석이 제정신이었더라면 공식전에 쪼렙 캐릭터 들고 나가지도 않았겠지.'

이렇게 해서 민허와 함께 근접을 담당할 성진성도 합류하게 되었다.

마지막으로 남은 중요한 클래스.

힐러다.

힐러의 중요도는 이로 말로 다 표현할 수 없을 정도였다. 사안나의 궁전뿐만이 아니라 거의 대다수의 던전에서도 힐러의 존재 가치는 드높았다.

무조건 한 명 있어야 하는 직업을 꼽자면 대다수는 힐러를 언급할 것이다. 괜히 힐러가 귀족이라 불리는 게 아니었다.

자리로 돌아온 민허를 향해 화수가 조용히 속삭였다.

"히, 힐러는… 어떻게 할 거냐."

"형님, 여기서 말해도 돼요? 방송 중이시잖아요."

"괘, 괜찮아. 잠깐 오디오 꺼놨으니까……."

화수에게도 이번 도전은 상당히 중요했다. 그래서 파티 구성에 있어서도 보다 신중을 기하고 싶었다.

"예나한테 부탁해 보려고요."

"예나라면… 그 나이트메어?!"

"네."

"왠지 부탁해도 무시할 거 같은데……."

예나는 철저하게 계산적인 여자였다. 화수의 파티에 합류한다고 해서 본인에게 득이 되는 것도 없을 텐데, 구태여 이 귀찮은 일을 왜 하겠나.

하나 민허는 확신에 가득 차 있었다.

"걱정하지 마세요. 아, 전화 한 통화만 하고 올게요."

자리를 비운 동안, 화수는 시청자들이 지루해하지 않게 동영상 하나를 틀어 그쪽 화면으로 전환시켰다.

　그러는 동안에 민허가 다시 제자리로 돌아왔다.

　"예나가 오케이했어요."

　"지, 진짜?!"

　"예. 금방 올 거래요."

　"무슨 말을 했길래……."

　"다 방법이 있어요."

　민허는 알고 있었다.

　예나가 자신에게 많은 관심을 가지고 있다는 사실을.

　이건 화영과 다른 의미의 관심이었다. 화영이 이성에 대한 애정이라고 한다면, 예나는 민허에게 같은 프로게이머로서 강한 호기심을 느꼈다.

　어떻게 5레벨로 저렇게까지 많은 활약상을 펼칠 수 있을까.

　예나에게 민허는 연구 대상 그 자체였다. 그래서 그녀는 유독 민허의 플레이에 많은 관심을 표명했다.

　민허도 이미 그걸 눈치챘다. 평소에도 예나에게 같이 파티 맺어서 사냥하러 가자고 하면 그녀는 십중팔구 오케이라고 대답했다.

　이번에도 마찬가지였다.

　물론, 새벽 3시가 넘어가는 시점에서 민허의 제안을 단번에 받아들일 거라곤 예상 못 했지만 말이다.

                    *   *   *

　이렇게 해서 구성된 프로게이머들의 파티.

　화수를 제외하고 남은 세 명은 전부 부캐로 접속했다. 그 때문에 시청자들도 이들의 정체가 누구인지 제대로 파악할 수 없었다.

　혹시나 해서 일부러 이들의 정체를 숨길 필요가 있었다.

　그러나 걸리는 게 있었다.

　"보이스는 어떻게 하냐?"

　호흡을 맞추기 위해 일부러 민허의 바로 옆자리로 이동한 진성이 대뜸 물었다.

　그게 문제였다.

　사안나의 궁전처럼 난도가 제법 있는 던전은 채팅 칠 시간도 없었다. 웬만하면 보이스톡을 하는 게 좋았다.

　진성의 말을 들은 걸까. 화수가 특단의 조치를 취했다.

　"행님덜! 저, 이번 판은 집중 좀 할 테니까 잠깐 마이크 끄겠습니다요!"

　이것으로 보이스톡 문제는 해결되었다.

　시청자 입장에선 아쉽긴 하지만, 그래도 화수가 멋지게 던전을 클리어하는 장면 역시 보고 싶었기에 잠시만 자중하기로 했다.

　그제야 예나의 목소리가 헤드셋을 통해 들려왔다.

　─이제 되었어요?

"죄, 죄송합니다, 예나 씨."

화수가 굽실거리며 사과했다. 예나가 화수보다 나이가 더 어렸지만, 그래도 친분이 없던 사이였기에 대화를 나누는 데에도 서먹함이 전해졌다.

─괜찮아요. 그보다 시간도 늦었으니까 원샷에 클리어하죠. 리더는 누가 맡을 거예요?

"지원자 있습니까?"

민허가 다른 세 사람에게 질문했다. 그러나 누구 하나 나설 기미가 없어 보였다.

"진성이 형이 할래?"

"내가?"

마치 '니가 하는 게 더 좋지 않겠냐'라는 듯한 말투였다. 물론 PvP전이었다면 민허가 하는 게 옳았다. 하나 PVE는 던전 경험이 많은 쪽이 리더를 맡는 게 좋았다.

원래 클리어 횟수로 따진다면 화수가 더 많았다. 그러나 원활한 소통이 안 되기에 성진성에게 리더 자리를 부탁했다.

뿐만 아니라 민허에겐 치명적인 약점이 하나 있었다.

"난 여기 던전 클리어한 적 없어."

"…진짜냐."

"그럼 가짜겠어?"

"하아, 돌아버리겠네."

더더욱 한숨이 나왔다.

하나 예나는 이런 상황이 오히려 재미있게 다가오는지 작은 웃음소리를 들려줬다.

"후후, 또 모르지, 이번에도 라울의 기적이 나올지."

"그건 PvP에서나 통용되는 법칙이라고. PVE는 논외야."

거친 태클을 거는 진성이었다.

그래도 이미 하기로 했으니, 도망칠 수도 없는 노릇이었다.

"좋아, 가자!"

파티장을 넘겨받은 진성이 선두에 섰다.

그 뒤를 민허가, 화수가, 마지막으로 예나가 뒤따랐다.

역시나 마찬가지로 잡몹들이 이들을 습격해 오기 시작했다.

이건 큰 난관이 되지 않았다.

한 명, 한 명 침착하게 쓰러뜨리다보니 드디어 1단계 함정 지역에 도착했다.

여기서 아무도 죽으면 안 된다.

"누가 먼저 갈 거냐."

선봉이 가장 중요했다.

1단계 함정도 나름 공략 방법이 있었다. 이동기가 많은 캐릭터가 먼저 앞장서서 함정 타일이 어디인지, 안전한 타일은 어떤 건지 미리 루트를 확보한다. 후발대는 선봉이 나아갔던 타일을 밟기만 하면 된다.

예나와 화수는 이동기가 별로 없어서 선봉으로 나서기엔 부적합했다. 결국 진성 아니면 민허. 둘 중 하나였다.

"내가 갈게."

민허가 앞장섰다. 그 모습에 진성에 걱정을 표했다.

"괜찮냐. 너, 던전 깨본 적 없다며."

"화수 형 방송하는 거 몇 번 봐서 공략법은 대충 알아."

가볍게 손을 푼 뒤, 빠르게 앞쪽을 향해 이동했다.

첫 타일은 안전!

두 번째 타일 역시 안전!

하나 세 번째 타일을 밟는 순간, 약간의 흔들림을 감지했다.

"왔구나!"

회피기 커맨드를 입력하자 민허의 캐릭터가 빠르게 전방으로 향했다.

그러나 문제는 그다음 타일도 함정이라는 점이었다.

"이런!"

회피 쿨타임은 아직 도는 중이었다. 그렇다면 다른 이동기를 써서 빠져나가는 수밖에 없었다.

두 번째 이동기로 대시 스킬을 선택한 민허.

전방으로밖에 이동 불가능한 대시 스킬을 발동한 덕분에 무사히 함정 타일을 빠져나갈 수 있었다.

하나 아직 시련은 끝나지 않았다.

세 번째 타일마저 흔들리자, 제아무리 민허라 하더라도 당황할 수밖에 없었다.

세 번 연속이라니. 운도 지지리도 없다.

그래도 여기서 포기하면 끝이다.

'생각해 보자. 이동기가 또 뭐 있지?'

전부 다 쿨타임이 돌아가고 있었다. 이동기는 전멸. 그렇다면 다른 수를 강구해야만 했다.

'어쩔 수 없지. 이것만큼은 안 쓰려고 했는데!'

민허의 왼손이 키보드를 빠르게 터치했다.

[가속 차기]

[물리 공격력: 250]

[쿨타임: 5초]

[파이터 전용 스킬]

[앞으로 빠르게 치고 나가면서 타겟에게 무속성의 강한 일격을 선사한다.]

공격 스킬을 이동기로 사용한다!

그것이 민허가 순간적으로 강구해 낸 방법이었다.

캐릭터가 전방으로 향했다. 그다음 타일마저 함정이라면, 도무지 피할 방법이 없었다.

하나 다행스럽게도 그의 악운은 여기서 끝이었다.

"휴우!"

절로 안도의 한숨이 튀어나왔다.

3연속 함정 타일에 걸리면 99%는 즉사였다. 그러나 민허는 특유의 피지컬로 악운마저 돌파해 내는 모습을 보였다.

허민의 놀라운 플레이가 방송을 통해 드러나자 채팅창은 말 그대로 난리였다.

킹도: 와, 저거 뭐임?!?!

태평양거북이: 이거 실화냐????????

Rksvndrl000: 대박, 개쩐다!!

입이 쩍 벌어질 만한 플레이었다.

그러나 민허는 오히려 이런 게 기본이었다.

앞으로 2칸! 조금만 이동하면 목적지에 도달한다.

그러나 아직 부족했다.

목적지를 앞둔 민허가 갑자기 역주행을 펼치기 시작했다.

"야, 너 뭐 하냐?! 가던 길, 왜 다시 돌아와!"

진성이 미쳤냐는 식으로 강하게 항의했다. 그러나 화수가 그를 만류했다.

"미, 민허는… 일부러 저러는 걸 거야."

"일부러라니요?"

"그게……."

방송 모드에 돌입하지 않은 화수는 원활한 커뮤니케이션이 불가능했다.

그걸 잘 아는지 에나가 대신 설명했다.

─아직 어떤 타일이 함정이고 어떤 타일이 안전한지 다 알아내지 못했잖아? 민허는 우리가 쉽게 건너오게끔 일부러 길을 찾아주려고 저러는 거야.

"그, 그러냐?"

화수가 하고자 하는 말을 정확하게 캐치해 낸 에나였다.

누가 뭐라 해도 두 사람 다 R 리그에서 현역으로 뛰고 있는 1군 프로게이머들이었다.

확실히 진성보다 눈썰미가 있었다.

두 사람의 말대로 민허는 일부러 위험을 자처하며 건너야 할 타일들을 솎아내는 작업을 반복했다.

그 결과.

"그쪽 타일 밟고서 내 쪽으로 쭉 따라오다가 오른쪽으로 한 칸 꺾고, 다시 위로 올라오면 돼. 외웠지?"

─오케이.

에나가 대표로 대답했다.

민허가 고생해 준 덕분에 남은 세 명은 쉽게 1단계 함정을 통과해 낼 수 있었다.

하지만 방심은 금물이다.

이제 막 3개 함정 중 1개를 돌파한 것에 지나지 않았으니까.

2단계 함정은 독안개.

이 안개의 원인체를 찾아서 빠르게 제거하는 게 이번 함정 공략의 핵심이었다.

공간에 들어서자마자 출입구가 봉쇄되었다. 동시에 녹색의 독안개가 자욱하게 퍼져 나갔다.

─일단 전체 힐 계속 줄게요.

독안개 스테이지야말로 에나 같은 힐러 포지션이 대활약을 펼칠 무대였다.

에나 덕분에 그래도 어느 정도 버틸 수 있게 된 파티원들.

독 내성도 최대한 끌어 올려주는 버프까지 걸어주자, 그래도 제법 버틸 만했다.

그러나 안개의 독성은 시간이 지나면 지날수록 강해진다. 지금은 도트 단위로 −5, −5, 이런 식으로밖에 안 들어오지만, 나중에 가면 도트당 백 단위까지 들어온다.

결국 예나의 힐 스킬은 임시방편에 불과하다. 그 안에 무조건 원인체를 찾아내 제거해야 이 스테이지를 클리어할 수 있다.

일반적인 공략 방법은 논 타겟팅 스킬을 여기저기 난사하는 것이었다. 그러다 보면 언젠간 원인체를 제거할 수 있을 것이다.

이름하야 얻어걸리기 대작전.

하지만 그러기엔 시간이 너무 걸릴뿐더러, 확률도 낮았다.

얻어걸리기 작전을 펼쳐봤자 성공 확률은 과반수가 되지 않는다. 게다가 파티원 중에는 HP 수치가 적은 마법사와 힐러 클래스가 있다. 진성이라든지 민허는 독안개에 장시간 버틸 수 있다 하더라도 두 클래스가 아웃당해 버리면 보스 공략에 차질이 발생한다.

"어떻게 할래, 민허야."

진성이 먼저 그에게 의견을 구했다.

A 리그의 후유증이라 할 수 있었다. 무언가를 하려면, 자연스레 민허에게 의견을 구하는 게 버릇이 되어버렸다.

하나 나쁜 버릇은 아니었다.

민허는 언제나 답을 찾아냈으니까.

지금도 마찬가지일 터.

"화수 형이나 예나 중에서 혹시 무적 버프 가지고 있는 사람?"

"무적?"

"뭐 하려고?"

모든 신경이 민허에게 집중되었다.

그러자 대답 대신 아이템 하나를 꺼내 드는 민허.

"이렇게 하려고."

그가 든 건 바로 화염병이었다.

*　　　*　　　*

예나는 힐에 집중해야 했기에 다른 곳에 신경 쓸 여력이 없었다.

그녀를 대신해 무적 스킬을 발동시킬 준비에 들어간 화수가 걱정 어린 표정으로 물었다.

"정말 이게 될까?"

"될 거예요. 분명."

민허가 강한 확신조로 대답했다.

그의 작전은 간단했다. 무적 버프 효과를 발동시키고, 그때 민허가 가져온 화염병을 사방에 던진다.

그렇게 되면 어떤 일이 발생하느냐. 독안개가 폭발할 것이다.

하나 그와 동시에 도트 단위로 들어오던 독 대미지가 폭발과 함께 한꺼번에 플레이어들을 덮칠 것이다.

다시 말해서 즉사다.

타이밍이 조금이라도 어긋나는 즉시, 이들은 이 자리에서 전원 다 아웃당할 것이다. 그런 위험 부담을 안고 가야 하니 화수로서는 불안해할 수밖에 없었다.

게다가 무적 버프 발동 시간은 고작해야 5초. 그 안에 독안개가 조금이라도 남아 있다면, 혹은 원인체가 여전히 살아 있다면 이 작전은 실패다.

"민허 말이야. 매번 저런 식이야?"

화수가 최대한 목소리를 낮춘 상태로 진성에게 물었다.

그러자 진성이 어깨를 가볍게 으쓱였다.

"네. 맨날 저래요."

그러나 민허 덕분에 수많은 강팀들을 누르고 A 리그에 우승할 수 있었다.

분명 위험한 작전이었지만, 진성은 그래도 민허를 믿기로 했다.

그가 보여준 성과가 있었으니까.

"준비됐죠?"

화염병을 든 민허가 화수에게 물었다.

고개를 천천히 끄덕이는 것으로 답변을 대신했다.

"그럼 신호 줄 테니까 바로 스킬 발동시키세요. 3, 2, 1…
Fire!!!"

휘이익!!

연속으로 3개의 화염병을 투척했다. 화염병이 바닥에 닿기 전에 바로 뒤로 돌아 파티원들이 모여 있는 곳으로 몸을 날렸다.

민허가 스킬 범위 안으로 들어오자마자 기다렸다는 듯이 무적 버프가 발동되었다.

우우웅!!

이들의 주변을 감싸는 거대한 보호막. 동시에 바깥에서 엄청난 폭발음이 들려왔다.

콰과과과과광!!!

헤드셋을 계속 착용하는 게 불편하게 느껴질 정도였다.

엄청난 사운드가 이들의 귀를 괴롭혔다.

무적 버프가 해제되기까지 남은 시간은 3초.

그러나 여전히 독안개는 건재했다.

남은 시간, 2초.

폭발음이 계속해서 이어졌다.

1초!

"미, 민허야! 진짜로 괜찮은 거지?!"

"이러다가 우리, 죽는 거 아니냐?!"

화수에 이어 성진성도 결국 견디다 못해 불안감을 토로했다.

만약 여기서 전원이 아웃당하면 처음부터 다시 해야 한다.

그것만큼은 피하고 싶다!

이제 새벽 3시 반을 넘어가고 있었다. 그런데 이 고생을 또 하라고? 미친 짓이다.

도전은 이번 한 번으로 끝이다! 그럴 각오로 임해야 했다.

"아, 난 못 보겠다!"

견디다 못한 진성이 두 눈을 질끈 감았다. 화수도 차마 모니터를 쳐다볼 용기가 안 났다.

그러나 민허는 담담했다.

'내 계산은 정확해!'

자신이 세운 작전을 절대적으로 신뢰한다! 그것이 민허의 비결 아닌 비결이었다.

버프 효과가 0초를 가리켰을 때.

꾸웨웨웨웨웩!!!

돼지 멱따는 소리가 들려왔다.

그 소리를 듣자마자 진성과 화수가 다시 모니터로 시선을 고정시켰다.

익숙한 효과음이었기 때문이다.

"원인체가 죽었어?!"

"사, 살았다……!"

독안개를 내뿜던 원형체가 쿠웅! 지면을 울리며 쓰러졌다.

초록색의 피를 흘리며 사라지는 몬스터. 이윽고 초록색의 독안개가 완벽하게 흔적을 감췄다.

두 번째 스테이지, 클리어!

절박함이 만들어낸 승전보였다.

　　　　*　　　　　*　　　　　*

고풍스러운 무늬로 치장된 거대한 문.

그 앞에 마주 선 4인 중 민허가 가장 먼저 앞서 걸어갔다.

"여기가 보스지?"

"엉."

진성이 고개를 끄덕였다.

3번째 함정은 최종 보스와 함께 등장한다. 엄밀히 말하자면, 세 번째 함정은 최종 보스가 구현하는 패턴 중 하나였다.

"그럼 시작합니다."

민허가 조심스럽게 캐릭터를 이동시켰다.

문이 열림과 동시에 재생되는 동영상.

본래대로라면 스킵을 했을 테지만, 사안나의 궁전을 처음 접하는 시청자들을 배려해 일부러 영상을 스킵하지 않고 가만히 놔두기로 했다.

중세시대 궁전의 알현실 한가운데에 홀로 앉아 있는 아리따운 여인.

또각또각.

힐굽 소리를 내며 유저들에게 다가온다.

그녀가 바로 이곳의 보스, 사안나.

─초대받지 않은 손님이 오셨군요.

그녀의 붉은 입술이 다시금 움직였다.

─이곳은 함부로 들어올 수 없는 저만의 화원. 저만의 비밀 공간. 그리고… 저의 모든 것.

촤라락!

그녀의 드레스가 좌, 우 방향으로 넓게 펼쳐졌다.

동시에 복장의 노출도도 상승했다. 방어력이 매우 높아 보이는 의상이었다.

─죽어주셔야겠어요.

대사가 끝나자마자 곧장 사안나가 선두에 있는 민허에게 달려들었다.

[고독한 공주, 사안나]
[Lv: 95]
[HP: 70,000]
[인간형 몬스터]
[암속성]
[인간을 잡아먹는 식인 공주. 고문 도구를 만드는 게 취미이며, 그녀가 만든 악명 높은 함정은 사안나의 궁전 곳곳에 배치되어 모험가들을 괴롭힌다.]

사안나의 날카로운 손톱이 정확하게 민허를 노렸다.

인간형 몬스터에겐 특징이 있다.

대형 몬스터에 비해 움직임이 비약적으로 빠르다는 점이었다.

하나 민허 앞에선 인간형이든 대형이든 간에 모두가 다 평등했다.

"느려."

살짝 뒤로 물러서며 아슬아슬하게 그녀의 손톱 공격을 피했다.

민허가 주로 선보이는 회피 기술. 라울식 회피였다.

만약에 이것이 PvP였다면, 분명 사안나는 당혹감에 빠졌을 것이다.

그러나 사안나는 몬스터. 정교하게 짜인 프로그램대로 움직이는 존재에 불과했기에 당황하지 않고 바로 다음 공격으로 넘어갔다.

그러나 민허는 여유롭게 회피 동작을 선보이며 그녀와 거리를 벌렸다.

"다음은 내 차례다!"

사안나와 맞상대하기 위해 진성 역시 전방으로 나섰다.

본캐가 아니었기에 다소 움직임에 어색함이 느껴졌지만, 그래도 제 몫은 충분히 했다.

터엉!

소형 방패로 사안나의 손톱 공격을 쳐내 버렸다.

패링 판정이 뜨자, 곧장 반격을 시도했다.

스르릉! 푸욱!

그의 롱소드가 날을 바짝 세웠다. 이윽고 바로 사안나의 복부에 칼을 찔러 넣었다.

패링은 잡기로 분류되는 기술이었다. 그 말인즉슨, 잡은 동안에는 무적 판정을 받는다.

칼을 다시 뽑아내자, 사안나의 뻥 뚫린 복부에서 검은 피가 후드득 떨어졌다.

그러나 그것도 잠시.

치명타라 생각했던 그녀의 육체가 다시 복원되었다.

하나 HP는 처음과 다르게 좀 깎여 있었다.

대미지가 착실히 누적되고 있음을 뜻했다.

"나이스 플레이였어, 진성이 형."

"나도 할 때는 하거든!"

민허의 칭찬에 기분이 좋아진 걸까. 진성이 보다 적극적으로 공격에 임했다.

그때였다.

―무릎 꿇어라!

사안나의 대사였다.

그 대사를 보자마자 화수가 다급히 외쳤다.

"범위 공격이야! 뒤, 뒤로 피해야 돼!"

"네, 형!"

"알겠습니다!"

이중에서 사안나의 던전 패턴을 가장 잘 꿰차고 있는 인물은 화수였다. 그의 빠른 정보 전달 덕분에 민허와 진성이 거리를 벌리며 피해를 최소화시킬 수 있었다.

잃어버린 HP는 예나가 해결해 줬다.

—힐 줄게!

"땡큐!"

역시 파티에 힐러가 있으면 든든하다.

확실하게 자신의 역할을 인지하며 착실히 사안나에게 대미지를 누적시켜 간다.

그녀의 HP가 3분의 2가량으로 줄어들었을 때.

—세 번째 함정 패턴 들어올 거야. 조심해!

예나가 전방에 위치한 두 남자에게 경고했다.

드디어 사안나의 궁전의 하이라이트라 할 수 있는 세 번째 함정의 등장이다!

—어리석은 그대들에게 죽음의 축복을!

사안나가 세 번째 함정을 발동시킬 때 나오는 대사였다.

마지막 함정은 여타 다른 두 개의 함정과 다른 양상을 보였다.

4명 중 한 명을 지정하여 죽음의 표식을 찍는다. 표식이 찍힌 플레이어에게 홀로 3번째 함정이 발동된다.

처음으로 표식이 찍힌 플레이어는 성진성.

운도 지지리도 없었다.

진성의 캐릭터 주변에 검은 팔들이 바닥에서 튀어나와 그를 휘감았다.

동시에 모니터 화면에 상, 하, 좌, 우를 가리키는 방향키 4개가 하단에 위치했다.

"진성이 형, 잘할 수 있지?"

"무, 무무물론이지! 이래 봬도 리듬 게임 마니아라고!"

그렇다. 세 번째 함정은 위에서 내려오는 화살표들을 타이밍 맞게 누르는 패턴이다.

겉으로 보기에는 쉬울지 모르나, 실제로 직접 체험해 보면 생각보다 어렵다는 평가가 많았다.

리듬 게임을 좋아하는 게이머들조차도 혀를 내두를 정도로 어려운 패턴들이 수두룩했다.

게다가 내려오는 속도도 빠르다!

"헉, 이게 아닌가?!"

첫 번째 미스.

"아니, 눌렀는데 왜 안 먹혀!"

두 번째 미스.

사안나의 함정은 도합 다섯 번이 미스가 나면 그대로 게임 끝. 즉사다.

물론 파티원 전부가 다 즉사란 소리는 아니다. 죽음의 표식이 찍힌 플레이어만 즉사 판정을 받는다.

워낙 빠르게 내려오는 속도 때문에 세 번째, 네 번째 화살표마저 놓쳤다.

결국 다섯 번째까지 놓치자…….

─죽어라, 미천한 자여.

섬뜩한 사안나의 말과 함께 진성의 캐릭터를 휘감았던 검은 팔들이 일제히 폭발했다.

콰과과과광!!

강렬한 폭발음이 끝날 때. 진성의 화면이 회색빛을 띠었다.

아웃이었다.

"이런 썅! 분명 눌렀는데 왜 안 되는 거야!"

절로 거친 말을 내뱉는 진성이었지만, 이미 아웃당한 시점에서 그가 할 수 있는 일은 아무것도 없었다.

남은 인원은 단 세 명.

무조건 살려야 하는 1순위는 예나였다. 그녀가 아웃당하면 끝이다.

레이드 던전에서 힐러의 역할은 한없이 중요하다. 사안나의 궁전에서도 마찬가지다.

그렇다면 어떻게든 예나에게 죽음의 표식이 가지 않도록 신경을 써줘야 했다.

"화수 형님, 저 패턴 클리어 가능해요?"

"그, 글쎄. 나도 성공한 적 별로 없는데……."

고독한 공주, 사안나를 상대할 때에는 세 번째 함정에 능통한 사람을 반드시 데려가야 한다. 그렇지 않으면 성진성처럼 끔살을 당할 수 있기 때문이었다.

그러나 골수 리듬 게이머들조차도 어려워하는 패턴이었기에 결코 쉽지 않았다.

리듬 게임처럼 노래의 장단에 맞춰 나오는 것도 아니고, 그냥 무작위로 화살표가 내려온다. 그래서 더더욱 어렵게 느껴졌다.

진성의 빈자리를 채우기 위해 서브 탱커였던 민허가 메인 탱커 역할을 소화했다.

그렇게 성실히 딜을 누적해 가는 동안, 사안나가 또 다시 죽음의 표식 발동을 예고했다.

—어리석은 그대들에게 죽음의 축복을!

"큰일인데……!"

화수의 동공이 크게 흔들렸다.

두 번째 죽음의 표식!

예나도 중요하지만, 민허가 아웃당하면 탱 역할을 할 사람이 없어지게 된다.

"미, 민허야! 여기선 내가 대신……."

스스로 자처해서 죽음의 표식을 맞으려 했다.

그러나 민허는 고개를 가로저었다.

"아니, 제가 할게요."

자신감을 내비치는 민허에게 예나가 경고하듯 물었다.

—그러다가 아웃당하기라도 하면 어쩌려고? 더 이상은 못 버텨. 내 힐량이 사안나 딜을 못 따라가.

"알고 있어. 괜찮아. 어차피 죽음의 표식은 누구 하나가 클리어하면 두 번 다시 발동 안 하잖아."

민허는 죽음의 표식을 클리어할 생각이었다.

그의 말대로 파티원 중 어느 누구 한 명이라도 클리어하면, 죽음의 표식은 두 번 다시 발동하지 않는다.

그 한 번이 클리어하기 어려울 뿐.

사안나가 오른손을 추켜올렸다.

그녀의 손끝에 향해 있는 파티원이 죽음의 표식에 당첨된다.

그때, 민허가 도발 스킬을 발동시켰다.

10초 동안 상대 몬스터의 공격을 자신에게 향하게끔 만드는 파이터 스킬이었다.

"이쪽이라고, 식인 공주님."

민허가 여유를 드러냈다.

프로그래밍 되어 있는 NPC에 불과함에도 민허의 이런 도발에 영향을 받은 모양인지 곧장 죽음의 표식이 찍혔다.

민허의 머리 위에 새겨진 검은 원 하나.

그와 더불어 검은 팔들이 민허의 몸을 속박했다.

"좋았어."

후두둑!

양손을 흔들며 가볍게 몸을 풀었다.

리듬 게임은 오락실에 가서 몇 번 해본 적 있었다. 그러나 리듬 게임 전문까지는 아니었다.

자랑거리라고는 오로지 피지컬 하나!

"한번 덤벼보시지!"

4개의 각기 다른 방향의 화살표들이 우수수 쏟아져 내렸다.

어느 새 민허의 뒤로 와 자리를 잡은 진성이 입을 쩍 벌렸다.

"너, 원래 리듬 게임 좀 했었냐?"

"아니, 전혀."

직접 보고도 믿기지 않았다.

눈으로 좇기 힘든 속도로 내려오는 화살표 세례들을 민허는 차례차례 해치워 갔다.

무작위 패턴이었기에 오로지 눈으로 보고 화살표를 눌러야 했다.

리듬감 그딴 건 없었다.

이건 리듬 게임이 아니라 레이드 보스의 패턴 중 하나일 뿐.

타닥! 타다닥! 탁! 타닥!

가벼운 민허의 손가락 놀림에 콤보 수는 점점 쌓여갔다.

지금까지 단 한 번도 틀리지 않았다!

진성은 중반조차 넘어가지 못한 상태에서 다섯 번의 미스를 범했다.

그러나 민허는 막바지에 접어들었음에도 미스 한 번조차 내지 않았다.

심지어 전부 다 퍼펙트였다.

풀 콤보, 올 퍼펙트! 참으로 진귀한 장면이었다.

"이제 하나!"

탁!

위쪽으로 향하는 화살표를 힘 있게 눌렀다. 이것으로 죽음의 표식 패턴은 끝났다.

─아아아악!!

사안나가 괴로움에 몸부림치기 시작했다.

딜 타이밍이었다.

이때를 기다렸다!

화수의 마법사 캐릭터가 사안나에게 강한 화속성 공격을 퍼부었다.

예나는 힐을 잠시 멈추고 민허와 화수에게 각각 물리, 마법 공격력 상승 버프를 걸어줬다.

이들의 공격에 따라 민허 역시 그가 퍼부을 수 있는 최대한의 딜을 가했다.

사안나의 가장 까다로운 패턴인 죽음의 표식을 클리어했으니, 더 이상 이들을 가로막을 게 없었다.

―네놈들을 끝까지 저주할 테다…….

털썩.

쓰러진 채 푸른 불꽃에 휩싸여 재가 되어 사라지는 사안나.

그리고 마침내 던전을 클리어했다!

클리어 장면을 실시간으로 목격한 시청자들은 채팅을 치느라 정신이 없었다.

레이노파: 진짜로 클리어했어!! 대박!!

nmhwan: 10점 만점에 10점!!

깔드라: 지금까지 본 겜 방송 중에 제일 재밌었다. 킹갓엠페러 화수 찬양해!!

fhtg11: 근데 저 허민이라는 사람이 다 하지 않았냐?

트수: ○○ 탱도 하고, 딜도 넣고, 죽음의 표식도 클리어하고.

엄지척: 누구야, 저 사람.

클리어한 것까지는 좋았으나, 자연스럽게 허민의 정체에 대한 유추에 돌입했다.

어찌 보면 당연한 현상이었다.

그러나 이건 오히려 기회였다.

적어도 화수 입장에선 그렇게 보였다.

"민허야."

"예, 형."

"너라는 거… 꼭 비밀로 해야 하는 거, 아니지?"

정체 밝혀도 되냐는 말을 간접적으로 돌려 말한 셈이었다.

민허도 화수가 하고자 하는 말이 뭔지 잘 알고 있었다.

"네. 딱히 상관없어요."

"그럼……."

어흠.

가볍게 헛기침을 하며 목을 가다듬은 화수가 마이크를 켰다.

"예! 행님들! 잘 보셨습니까? 미션 클리어했습니다!"

브넘: 봤습니다! 완전 대박 ㅋㅋㅋㅋㅋㅋㅋㅋㅋㅋ

이범2: 화수 오빠 알랴뷰!! ♡♡♡♡♡♡♡♡♡♡♡

whatyougonadu: 이번 건 ㅇㅈ한다.

시청자들의 반응 역시 가히 폭발적이었다.

사안나의 궁전을 클리어할 수 있는 파티는 사실 몇 되지 않았다. 네임드라 불리는 클랜들이 작정하고 파티원을 구성해 덤벼도 클리어하기 힘든 곳이 바로 사안나의 궁전이었다.

그런 곳을 무작위로 선발한 파티로 클리어했으니, 시청자들 입장에선 놀랄 수밖에 없었다.

그러나 아직 끝나지 않았다.

"실은 말입니다, 행님덜. 허민이 누구냐 하면요."

화수가 민허에게 손짓했다.

캠 화면에 얼굴 나오게끔 가까이 오라는 뜻이었다.

짧은 시간 동안 가볍게 옷차림을 단정하게 만든 민허가 화수에게 다가갔다.

"안녕하세요. 프로게이머 강민허입니다."

그가 모습을 드러내는 순간, 채팅창의 상태가 예사롭지 않게 변했다.

채팅이 너무 많아서 올라가는 속도가 눈에 보이지 않을 정도였다.

그러나 대충은 어떤 분위기인지 알 것 같았다.

대다수가 민허의 깜짝 방문을 반겼다.

다른 한쪽에선 허민이 민허와 동일인일지도 모른다는 생각을 했던 시청자도 이럴 줄 알았다는 반응을 보였다.

"조만간 우리 강민허 선수도 개인 방송 시작한다고 하니까 그때 많이 봐주세요, 행님덜!"

굳이 화수가 어필하지 않아도 시청자들은 이미 민허의 플레이에 푹 빠져 있었다.

그가 방송만 켜면 당장 쫓아가겠다는 심산을 노골적으로 내비쳤다.

그렇게 화수가 방송을 마무리하는 동안, 다시 제자리로 돌아온 민허에게 예나가 일침을 가했다.

―언제까지 기다리게 할 거야. 아이템 정산해야지.

"아, 그랬지."

돌기 어려운 던전인 만큼 고가의 템이 떨어질 확률도 높았다.

보물 상자를 오픈하자, 막대한 양의 골드와 함께 레전더리 아이템도 2개 나왔다.

하나는 힐러 전용 스태프. 그리고 다른 하나는 롱소드였다.

민허와 화수의 직업 템은 나오지 않았다.

그래도 크게 상관없었다. 화수야 어차피 자신이 원하는 템은 다 맞춘 상태였고, 민허는 부캐였기 때문에 아이템 욕심은 크게 부리지 않았다.

애초에 그가 노리는 건 라울을 100% 구현할 수 있는 템들뿐이었으니까.

결국 예나와 진성만 소소한 이득을 챙길 수 있었다.

―그럼 다음에 봐.

먼저 예나가 작별 인사를 건넸다.

방송 마무리 중인 화수를 뒤로하고 진성이 늘어지게 하품했다.

"아, 졸려 뒈지겠다."

"들어가서 자, 형. 이제 찾을 일 없을 테니까."

"오냐."

피곤한 발걸음으로 먼저 방에 들어가는 진성이었다.

민허는 화수가 방송을 끌 때까지 기다리기로 했다.

"그럼 행님들! 내일 또 뵙겠습니다! 빠빠이~"

방송용 목소리 톤과 멘트를 끝으로 오늘의 일정을 마무리했다.

"휴……."

무거운 한숨을 내쉬는 그에게 민허가 음료 한 잔을 건넸다.

바로 화수가 좋아하는 음료, 율무차였다.

"고생했어요, 형."

"나야 뭐… 그보다 도와줘서 고마워. 네 덕분에 살았어."

"천만에요. 저야말로 형이 홍보해 줘서 방송 괜찮게 출발할 수 있을 거 같아요."

물론 뚜껑은 열어봐야 알겠지만, 그래도 화수가 어필해 준 덕분에 도움이 많이 된 건 사실이었다.

개인 방송도 결국은 창업과 같았다.

입소문 좀 타야 흥할 수 있기 때문이다.

오늘 방송을 시청했던 사람들이 조만간 알아서 SNS와 각종 커뮤니티 사이트에 알아서 민허의 개인 방송 정보를 퍼뜨려 줄 것이다.

"벌써부터 올라왔네요."

새벽 4시가 가까워졌음에도 불구하고 민허의 말마따나 로인

이스 온라인의 대표적인 커뮤니티 사이트에 민허의 방송 소식
이 게시되었다.

소문은 언제나 빠르다.

특히나 요즘 매우 핫한 신인 선수, 강민허의 행보라면 더더
욱 사람들의 이목이 집중될 터.

"감독님한테는 허락… 맡았지?"

"예. 물론이죠."

"그래. 내가 괜한 일을 한 게 아닐까 싶었는데……. 아무튼
나중에라도 어려운 거 있으면 언제든지 물어봐."

"고마워요, 형."

정화수라는 든든한 아군을 등에 업게 된 민허.

오늘, 고생하긴 했지만 그래도 그 보람이 있는 거 같아 기분
이 좋아졌다.

*   *   *

이틀 뒤.

화수로부터 개인 방송에 관한 이런저런 팁을 전달받은 민허
는 오늘 저녁 8시, 드디어 인생 최초의 개인 방송을 시작하게
되었다.

과연 많이 올까.

사람들이 관심을 가질까.

이런 걱정도 들었다.

그러나 그 걱정은 머지않아 괜한 것에 불과했다는 것을 깨달았다.

방송을 켠 지 40분이 지났을 때였다.

방송 제목.

'프로게이머 강민허입니다.'

시청자 수.

"일, 십, 백, 천… 5천 2백?!"

민허도 놀랐다.

설마 5천이나 되는 숫자가 들어올 거라고는 생각 못 했다.

채팅 올라오는 속도가 너무 빨라 읽기 힘들 정도였다.

잠시 응원차 방문을 온 화수가 민허에게 또 다른 팁을 줬다.

"나, 나중에 매니저라도… 뽑아야겠네."

"매니저요?"

"게임하면서 채팅창 관리까지 다 할 수는 없으니까……. 오늘은 일단 내가 해줄게. 어차피 방송 안 하는 날이니까."

"감사합니다, 형."

"나중에라도 꼭… 인력 구해."

"예."

이건 민허가 생각했던 계획과 조금, 아니 많이 달랐다.

'시작하자마자 5천이라니.'

이제 막 개인 방송에 데뷔한 사람으로선 부담스러운 수치일 수밖에 없었다.

그러나 민허는 오히려 이런 환경이 갖춰지면 갖춰질수록 더더욱 진가를 발휘하는 타입이었다.

실전에 강한 남자, 강민허!

그의 첫 방송이 대망의 막을 올렸다.

『재능 넘치는 게이머』 3권에 계속…